風會告訴你方向，走一條沒人懂的路

一位21歲女孩的朝聖冒險

王薇——著

旅行文學，二十一歲女孩的朝聖之路。

走踏世界，一個女孩的朝聖獨旅。

這本書獻給上帝，親愛的父母，及未來有時灰心喪志的自己。

Robert Lee Frost,〈The Road Not Taken〉

"Two roads diverged in a wood, and I— I took the one less traveled by, and that has made all the difference."

羅伯特・李・佛洛斯特，〈未擇之路〉

「兩條路在林中分叉，而我——我選擇了那條人跡罕至的路途，而這使一切都變得不同。」

目錄

一、作者序：請記得這份快樂。

「我喜歡旅行，我愛探險家。然而，我現在打算講述我自己的探險經驗。」和人類學家李維史陀不同，我是個熱愛旅行的人類學學徒。當然，我清楚知道旅行者的身份是帶有位階的，對旅行地的介入和那凝視的眼光，都是對於當地人群的一種文化衝擊。尤其在全球化之下，交通革命使旅行更加便利。世界各個角落之在地文化，無一被這樣的衝擊所打破並重塑。究竟這趟旅程會帶給我什麼樣的反思，且朝聖之路為何吸引世界各地的人走訪，又為何成為現代主體性的象徵？我想閱讀完這本書後，可以慢慢獲得解答。

一個人從臺灣出發，背著八公斤的背包，翻越庇里牛斯山脈，從法國一路走到西班牙西北部的海邊，總計超過八百公里。途中經過三百多個城鎮，認識來自二十六個國家的朋友，寫下五萬多字的雜記，磨破三雙襪子，最終拿到 Camino 證書。這不只是一次遠行，而是一場生命的慰藉——讓我在陰暗的低谷中，重新拾回那曾遺失的信仰與自我。

故事發生在踏上朝聖之路的兩年前。連續兩次轉學考試落榜，我第一次真正感受到挫敗的重量。那份「差一點就成功」的無力感，像是命運的玩笑，讓我深陷於自我懷疑的泥沼中。為何我這麼努力卻還是達不到對自己的期望？我開始懷疑自己的努力是否毫無意義，甚至動搖了對上帝的信仰，不再相信曾經支撐我的一切。

「我不夠好」的念想不停迴盪在我腦海中。一想到如此失敗的自己，眼淚就會不止地流落。長達半年的時間，我難以與身邊的人正常互動，因為不想讓他們知道我失敗了，更不敢承認自己曾經那麼努力過。大學二年級，我剃光頭髮，終日專注於精進課業和校隊的訓練，想以忙碌的日常來麻痹自己，只為不再墜入悲痛的深淵。

升上大學三年級後，我以頂尖的學業成績拿到書卷獎，並取得赴北京大學交換學生的資格。光環的堆砌下，卻沒有換來想像中的那份快樂。這段時間為求表現而背負著無法喘息的壓力，以及對於自我和信仰的懷疑，使我憂鬱的情況遲遲沒有好轉，好似只有成績、獎項能夠定義我的價值。那年我二十一歲，生命的疑問不斷衝擊著徬徨無助的自己。漂蕩在塵世的讚揚聲之間，心卻如茫茫大海中孤立的浮木，看不見遙遠的彼岸。漸漸地，身受海水所侵蝕，直至心靈腐朽。

這兩年來所經歷的這一切，讓我不斷思考著生命的意義。是否該停下來，看看不一樣的風景？當我放下生活原有的節奏，卸下外界加諸的期待與壓力，並踏上這段朝聖之旅，我才開始感受到，不需要去迎合世界的眼光，也無需去爭取他人的掌聲，我依然能夠開心地在人生的旅途中走下去。因此，我將這段 Camino 朝聖之路的經歷寫下，分享我所遇見的風景與人，以及這段旅程如何悄悄地改變了我，讓我的人生有了新的思考與感受。

二、踏上這條路：說走就走的旅程。

大學三年級下學期，赴北京大學交換半年，剛回臺灣的第一晚是七月七日。下飛機後坐上高鐵趕回臺南，癱在自己房間的床上，終於不用擠在四人一房的上下鋪宿舍。「叩叩──」床還沒捂熱，房門外就傳來一陣敲門聲，母親探著頭問：「妳暑假有什麼打算？」

因為大學主修人類學考古專業，過往寒、暑假都會預留給田野實習，曾去過鵝鑾鼻、桃園白沙屯、馬祖北竿地區發掘史前遺址。原本預計今年暑假也要前往馬祖進行田野，然而仍在北京的我，在六月方得知這次馬祖的遺址不會開案，突然就空出了一個多月的暑假。正癱軟的我微微抬起頭，想著自己才剛回臺灣，難得放假能不能躺平就好。母親在門口馬上補了一句：「妳要休息幾天可以，但不要停止學習，去找點東西學，或去旅行都好。」就在這句話的催促下，我開始計畫這難得空閒的暑假。

大約在一年前，我閒逛百貨公司裡的誠品書局，翻到一本由臺灣女生書寫，關於

Camino的旅行書。那是一個女生獨自一人，在西班牙徒步旅行一個多月的故事。當時並沒有細看，只是淺淺地記得那是一件很酷的事「或許長大後可以去吧。」。當時的我從沒想過自己會在一年後就踏上這條朝聖之路。就在從中國回臺灣那晚，鬼使神差般，腦海裡突然浮現了一年前翻過書本的畫面。難得有個這麼長的假期沒有安排考古田野，也可能是大學期間最後一個暑假，這機會似乎是再好不過了。

反正剛放假整天在臺南閒得發慌，頂多約朋友出去逛逛夜市。我每天窩在房裡查閱行前資訊，發現七月底飛巴黎機票沒有太貴，去程大約一萬多，其他花費似乎也在能負擔的範圍內。除去費用之外，我也查詢關於朝聖者的事前準備，過程可能發生的問題，和其他朝聖者走完的事後回饋。而結論是幾乎所有人都經歷了一段瘋狂又美好的旅程，讓我愈發篤定想踏上這條遠在地球另一端的道路。

一星期後再和母親隨口提起，在不完全反對的回應下，我直接訂下飛往巴黎的機票。又過了幾天，母親驚覺我是來真的，要一個人前往從沒去過的歐陸「流浪」一個多月。忽然間她的態度轉變，就像是每個充滿憂慮的父母，總能找到千萬種理由不讓小孩出門。她說一個女生出門太危險，如果沒有朋友陪我就不能去。但我終究要長大，要學習一個人面對世界。抗戰了幾個晚上，母親又說必須我父親點頭同意才能放我出去，然而依照我父親保守的性格，我有很大的機率會被回絕，可這時候離班機起飛日只剩不到一星期了。

大約在起飛日三天前，我做了一份簡報，用訊息傳給父母，介紹朝聖之路的意義，以及我非去不可的動機和我所做的行前準備。想盡量避免當面講的口頭衝突，這一切雖然決定得倉促，但關於自己為什麼想踏上這條路，我是認真思考過很多緣由：

第一：我認為兩個月的假期，與其留在臺灣打工換宿或徒步環島，嘗試走出去接觸不同的文化與人群，或許能學到更多。

第二：朝聖之路被列為世界文化遺產，途中穿越無數個中世紀古鎮與教堂，甚至經過歐洲最早的人類化石出土地，對於學習考古學的我來說，就像是一場貼近文化與歷史脈動的探索之旅。

第三：七萬元的預算，原本可能只能支撐出國一週的消費，但在朝聖之路卻能走上一個多月。雖然路途不輕鬆，但能用最少的花費換來最多的風景與體驗。

第四：不久前看到一句話：「如果有難以釋懷的經歷，就用更宏大的世界去稀釋它」。這兩年經歷的低谷，讓我對自我與信仰產生懷疑。我覺得自己需要些時間一個人去沉澱，朝聖之路或許能給予我與自己好好對話的空間。

出發前兩天，事情出現轉機，母親得知有位同事剛要從朝聖之路回臺灣，經電話詢問大致情況後，讓她放心許多。加上朝聖之路與基督教和天主教的故事有關，也是基督徒的母親選擇放下巨大的憂慮，祝福我並為我的行程開始禱告。而父親自從看到我傳的簡報後就不再和我說話，直到出發前一天晚上，他塞給我一瓶B群，並叫我自己要保重，我知道這是他表達關心和祝福的方式。就這樣，我在最後關頭得到父母的支持。

還沈浸在父母答應讓我去的開心，卻被新聞氣象報導傳來的噩耗打破。原訂7月26日晚上從桃園機場起飛，但杜蘇芮颱風正以迅雷不及掩耳之勢侵襲臺灣，甚至有往北轉的跡象，很可能會影響到當晚的飛機起降。還好最早在訂機票時，自己也不確定能不能順利出發，而加了一千多元的退票退費保證金，沒想到竟在颱風天用上了。7月24日晚上，我決定退票重訂。還好機票差價和手續費金額並沒有貴太多，將機票改成了隔天7月25日晚上，想趁颱風還沒來之前出發。因為是徒步旅行，行李只有一個後背包和一個外加的鞋袋，即使行程提前一天，準備上並沒有太多影響。幸好，準備過程所遇見的問題都迎刃而解。能放手去做自己想做的事，真的感到很幸福。

羅馬書8:28：「我們曉得萬事都互相效力，叫愛　神的人得益處，就是按祂旨意被召的人。」

三、巴黎霧雨。

起飛日 - 2023/07/25

7月25日晚上七點，一個人揹上背包從桃園機場起飛。晚上十一點抵達香港國際機場，再轉機巴黎戴高樂機場。旅程第一日都在機場和飛機上度過，期待的心情加上接觸未知世界的緊張害怕，坐下來就能清楚感受到自己飛快的心跳。這樣的悸動讓我難以入眠，從香港飛巴黎要十四個小時，在經濟艙狹窄的空間裡，我斷斷續續地只睡了三、四個小時。

我坐在靠窗的位子，旁邊是一對香港父子。叔叔看起來三十多歲，普通話不太好，我們聊天都透過他兒子翻譯。我大致分享自己的旅程計畫，叔叔聽後很擔心我是一個人，又是第一次到歐洲。所以下飛機前他和我加上微信。說他們這幾天都會在巴黎市區，若真遇到事情可以聯絡他。在旅途的初始就遇見溫暖的人，真的很感謝叔叔的善意。

經過長時間飛行，機艙外的天空漸漸亮起來。我將遮光的窗戶打開，映入眼簾的是廣袤的歐洲大陸。看見大片的農田和零星幾個城鎮，和我想像的歐美國家現代感不同。原來在歐陸上，鄉野還是佔很大部分面積。沈醉於窗外新奇景色的同時，機艙內傳來準備降落的廣播。我平安地踏上遠在九千九百多公里外的土地，希望接下來的旅程一切順利。

巴黎第一日，無訊號歷險記 2023/07/26

早上七點入境法國，機場內的標示竟然都有簡體中文，使找路毫不費力。而法國海關真如傳說中的「優雅」，就算面前排上幾百名乘客，還是不疾不徐地靠著椅背，邊蓋章邊和同事聊天。旅程的前四天，我會在巴黎市區自由行，事前並沒有刻意安排行程，隨意逛逛。第四天晚上再搭長途火車到法國南部，轉車到朝聖之路起點 Saint-Jean-Pied-de-Port。

機場大廳人群熙來攘往，我卻看著未開通的手機訊號愣在原地。因為臨時決定提早一天出發，我原本已經買好的歐洲電話卡要明天才會被開通。也就是說，今天一整天我將無法開導航、無法查網路、也沒有通訊功能。只能趁現在連著機場的公共網路，把可能會去的車站名稱、地名和路線都先記下來。還好大學一年級曾經修過一年法文，雖然還不到能流利溝通的程度，但對法文不算陌生，至少地鐵廣播站名還能聽得懂，看到單字也唸得出來。「應該沒問題吧？」比起緊張害怕，心中更多充斥著嚮往與期待。想著就算繞點路也會見到從未見過的景色，因此仍滿懷自信地從機場出發。就這樣憑著自己的記憶和感覺走，在這偌大的異國城市裡，一個人，一個後背包，展開一場無訊號的巴黎歷險。

機場有接駁捷運能通到地鐵站，我在地鐵窗口想買一張 navigo 的週票卡。在查行前資訊時有人分享，35歐能在一週內無限次搭乘市區的公共交通。售票窗口內坐著一位滿帶笑容的女性售票員，這是我入境後第一次要跟法國人溝通。初次開口，我用略帶生怯的英文說想買週票，並和售票員再次確認卡片的價錢和用法。卡片背後需要貼自己的大頭照，並寫上名字，就像告訴自己這將是屬於我的巴黎途徑，成為旅途中的第一份紀念品。

剛搭上地鐵，坐在略為破舊的位子上。我將後背包放在胸前，再用雙手環抱著，警覺地環顧車廂內的其他乘客。因為巴黎地鐵在臺灣的媒體和傳聞中，總被描述得像盜匪片現場，偷竊、搶劫的案件好似會在這裡不斷上演。但是實際上，我只見到一堆面無表情的法國人，上車，下車，迎接屬於他們的日常。所以過了幾站，我就漸漸放鬆下來，而更專注地去感受窗外瞬變的景物。到巴黎市區第一站直奔艾菲爾鐵塔，出地鐵站的路口，轉個彎，高聳的巴黎鐵塔直直矗立在眼前，心裡不禁吶喊：「我到巴黎啦！」

外面天氣很舒服，攝氏十幾度配上暖暖的太陽，很多人躺在巴黎鐵塔前的廣場草皮。鐵塔的後方是一整片湛藍的天空，我也躺下享受這過去只在電影中見到的場景和氛圍。還好，對於這浪漫城市的期待和興奮感，讓我疲憊的身軀不至於就地入睡。休息了一段時間，我決定前往鐵塔對面的夏樂宮。走在鐵塔旁的公園小徑，不得不去注意在眾多遊客之外，有兩種特別顯眼的族群充斥在這個場域裡：第一種是包著頭巾的婦女，她們會拿著一個寫字板，看到遊客就衝過來要求簽字。網路上常說這是騙觀光客的手段之一，所以我通常會快步離去，真的被攔下來就裝作聽不懂英語和法語。而第二種則是拿著一堆紀念商品叫賣的黑人小哥，他們會在遊客聚集的地方遊蕩，或是鋪個墊子擺地攤。相較於衝向遊客的頭巾婦女，黑人小哥的主動性較低，簡單來說就是些流動商販。

頭巾婦女和黑人小哥們，各自的穿著、配件、行為舉止都有高度的同質性。就像是電腦遊戲裡的 NPC，會與每個遊客接觸，並重複著一樣的場景，特別引人注目，就像是巴黎鐵塔下一幅生動的文化寫真。除了景點觀光客較多，人群較為混雜之外，巴黎市區的治安並沒有謠傳中的糟糕，至少目前為止我沒有感受到被人側目或歧視的眼光，或感受到任何潛在的危險。而巴黎城市的道路很是開闊，一個人走在路上也不太容易感到害怕。

夏樂宮地勢較高，可以從遠處眺望艾菲爾鐵塔。經過幾個路口就是凱旋門，我沿著充滿歐風建築的道路走去。因為凌晨四點多就吃了飛機上的早餐，早上十點已開始覺得肚子餓。剛好路邊經過一間看起來很在地的麵包店，走進店裡只有我一個亞洲面孔。觀察法國人都來店裡買法棍，有的人甚至一次買十幾根，我笑著想，原來法國人是真的愛吃「法國麵包」。不經意地融入當地的飲食文化，讓我這個人類學徒深感興奮。

輪到我的時候，也比手畫腳的買了一根法棍，這是落地法國後的第一餐。剛出店面，我迫不及待的拿著法棍自拍，卻無意間感受到眾多目光。店裡的顧客和店員們笑著看向我，就像一個外國人在臺灣拿著白飯自拍吧，讓我瞬間害羞地笑起來。拍照後剛咬下一大口，我馬上縮起嘴唇「噢！」的慘叫一聲，才想起前幾天剛調緊牙套，乾硬的麵包導致整排牙齒被擠壓得痛不欲生。法國人怎麼愛吃如此生硬的麵團呢？在這令人不解地思索下，我用超級小口小口地嗑著手中的法棍，兩個多小時後還吃不到半根。

漫步到凱旋門大約十多分鐘，路上我總好奇地望著兩旁美麗的街道和建築。可能上午時間還算早，沿途並沒有遇到太多人，直到接近凱旋門人潮才逐漸增加。凱旋門就如想像中巨碩宏偉，整體看起來乾淨明亮，沒有太多歷史古蹟的時代感。我幻想著法國在拿破崙時期瘋狂又輝煌的爭戰，法國士兵們「凱旋歸來」的場景。就像考古學家張光直老師生前的願望，我也想擁有一瓶眼藥水，只要點上它，所有史前與歷史的景象都會在眼前重現。凱旋門圓環的車道非常多，川流不息的車輛從四面八方湧入，彷彿是個永遠不會停止的大轉盤，規模像是放大十倍的臺南市圓環。順帶一提，據說在臺灣的日本時代，臺南圓環正是日本人參與巴黎萬國博覽會，從凱旋門得到靈感設計而成的。

在觀光客聚集的地方和凱旋門合照後，我走向著名的香榭麗舍大道。這裏聚集各式各樣的精品名牌，每間店面都像是工廠規模，有著琳瑯滿目的商品。而我甚至在超大間的 zara 裡逛到小腿抽筋。因為徒步旅行要全程背著背包走，為了避免背包過重，我幾乎不能多買任何東西。身處在這樣的購物天地，卻必須斷去所有物慾，讓我總是抱著遺憾走出店裡。

大約中午逛累了，我走進連鎖速食店 Quick 點一杯巧克力奶昔坐下來休息。奶昔的甜度簡直是原汁糖漿，舌尖上的味蕾細胞全都甜得萎縮。我皺起五官喝著，順便用手機連上速食店提供的免費網路，查詢下午要走去青旅的路徑。下午溫暖的陽光之下，吹拂著沁涼微風，待在室外真的很舒服。在香榭麗舍大道旁的巷弄裡，餐廳大多把桌椅擺在戶外。馬路邊上都是人們吃飯、聊天、喝下午茶的身影，讓街道充滿人氣而別有風情。走到香榭麗舍大道的另一端，我停在某個公園長椅上休息。拿起早上沒吃完的法棍麵包，手撕成小口吃。掉落的麵包屑引來幾隻鴿子，牠們肆意圍在長椅周圍，貪吃又不怕人的模樣很有趣。而在鴿子的共享下，就快要把整根麵包吃完了。公園草地上有很多人在野餐和午休，是氣候濕熱的臺灣很難見到的情景。

因為昨晚在飛機上沒睡好，早上七點落地就開始奔走，巴黎與臺灣六小時的時差，讓我玩到午後幾乎精神透支。剛到下午三點可以 check in 的時間，我就搭地鐵去青旅所在的第四區。我訂的青旅是 The People Paris Marais，在塞納河聖路易島附近的右岸河畔。青旅是一整棟巨大的建築，內部設備和裝潢看起來乾淨明亮。女生四人間設有獨立衛浴，床也柔軟舒服。當時預訂每晚大約新臺幣一千八百元上下，在巴黎市區好一點的區域中，應該算是非常便宜的價格。

下午睡了一覺，晚上我決定繼續待在床上休息，寫日記。等明天調整好精神和體力，手機有訊號跟網路後，再去市區和其他景點逛逛。結束這勞累又充實的一天，晚安。

巴黎第1日，雨天 2023/07/27

昨晚八點多睡著，今早四點就起床了。窗外的巴黎灰濛濛地下著一點小雨，可能不太適合去室外景點。八點左右我搭地鐵到羅浮宮站，陰天讓所有景物變得灰暗朦朧。傳說中的玻璃金字塔和噴泉水池，搭配著後方古典的皇宮建築，有一種靜寂孤傲的美。如夢境般，我竟真的站在巴黎羅浮宮前。這次旅途皆是臨時起意而非長期謀劃，所有巴黎景物猶如一輛華麗無比卻失速的列車，毫無防備地闖入我的眼眸之中。這樣的經歷會在我生命裡留下些什麼？或造成什麼影響？當下的我也不甚清楚，只想用盡全力去感受並記錄。

趁著人不多，我用手機腳架在羅浮宮正前方拍照，再走去右側入口排隊。時間才早上八點半，門口前已聚集不少遊客。看著身後的隊伍愈來愈長，只感嘆不愧是世界著名的博物館，平日上午還沒開館就有難以計數的客流量。在外面站上半個小時，淋

了點雨。單薄的衣著，讓我被冷風吹得瑟瑟發抖，還好九點左右就很順利地入館。從中間最大的玻璃金字塔進入，搭著手扶梯往下，就會到達大廳售票處和服務臺。羅浮宮的內部空間非常寬闊，網路上都說，想要在一天之內細細逛完是不可能的。大部分遊客都只會踩點式的去看蒙娜麗莎、維納斯，幾位最享負盛名的世紀美女。我也想趁著剛開館人還不多，先去一瞻這幾件重要展品的風采，再慢慢遊逛自己有興趣的展區。

蒙娜麗莎畫像前塞滿排隊的人潮，還必須有多位工作人員管理秩序。其他館的人潮卻是極具反差，大部分都空盪盪的。寂靜地像塵封已久的歷史倉庫，裝載著印證人類文明的各項器物。偌大的展示空間裡一個人逛起來很舒服，但是偶爾看到怪異的文物卻很毛骨悚然。陸續逛了義大利、埃及跟蘇美的展區，古埃及文化中各種動物神的形象，和器物上的象形符文，真不像地球人作出來的。學考古的我都不禁感嘆，過去真的存在著這樣一群人，有著龐大又超現實的宇宙觀，讓人感到不可思議。

於各異的展區逛了許久，作為人類史冊中幾個重要的古文明，其所遺留的文物讓人嘆為觀止。但這些來自世界各地的文物，或許都不是自願來到這裡的。究竟憑什麼展在法國呢？我職業病地在腦中思索著。去殖民化、轉型正義與遺物歸還，是當代文化資產的重要議題，然而在羅浮宮內，似乎還是存在著強勢國家掠奪的色彩。迷失在彎繞的展館內，剛好看到有間藏匿於樓頂展區的咖啡廳。正巧當時只有我一個客人，點一份1.9歐的可頌，邊吃邊眺望樓下的景色。頂樓的位置能環顧整個羅浮宮正院的景象，看到絡繹不絕的遊客在樓下排隊入場，我想像自己是活在這座舊皇宮孤獨且傲慢的貴族，居高臨下的俯瞰著腳下的臣民，沈浸在這樣地浪漫中度過幽靜的上午。

逛到中午開始感到些微疲憊，想慢慢地往出口處移動。但是羅浮宮內部展館實在是太大了，而且幾乎沒有指路的標示，牆上只寫著展間號碼。游離在琳瑯滿目的展品中，走下幾層樓梯，看到有個放著大型蘇美石雕的半戶外展區。法國人似乎是把蘇美的城門、城牆全都搬來了。展覽物的尺寸、外觀和背後的文化內涵，無一不震撼著我渺小的認知。

回到建築物內，我無意間瞥見一件非常熟悉的物品。那是在學校上世界古文明課程時，我上臺報告介紹的烏魯克滾筒印章。印章上刻畫的是手拿著植物的蘇美人，是當時身份地位的象徵。去年它只存在於我的簡報圖片上，從沒想過真有一天會看到實物。我甚至已經忘記它就展在羅浮宮內。在櫥窗前站了許久，內心格外激動。我突然想著在行萬里路之前，先讀過萬卷書，或許才能真正了解不同文化的意涵，及它們背後所代表的地理與歷史脈絡。如此，方能體會人類社會的多元與複雜性。

離開羅浮宮前很想買個紀念品，但重量又不能太重，也不想花太多錢。思忖良久，剛好在路過飲食區時，看到收銀臺旁在賣羅浮宮自製的環保塑膠杯，那原本是買飲料另外加購的，單買一個竟然只要1歐元，不僅便宜而且重量很輕巧。我竊喜自己的小聰明，想著這是史上最便宜又具有價值的一份紀念品。

離開羅浮宮大約是下午兩點。雨滴綿延地落在巴黎街頭，將城市的浪漫掩蓋，讓人實在沒有徒步遊逛的興致。我站在騎樓下望著雨天的巴黎，原地查下手機，我決定搭公車到網路推薦的平價法餐 Bouillon Chartier 吃午餐。公車窗外駛過幾站，逐漸遠離充斥著遊客的觀光區域。彼時，兩旁的街道就像電影裡的歐式住宅，有著五顏六色的門窗，幾間超市、藥店和餐廳穿插在這些建築之中。

門面不大的餐廳，實際走進卻別有洞天，大概有四五十桌全都坐滿。餐廳內大多都是四人桌，我被安排和一對法國情侶併桌。整頓飯他們兩人說著法文、喝著紅酒、相互投餵飯菜，沈浸在屬於他們的兩人世界中。而我盡量讓自己像空氣一般，一個人享受人生初次的法餐體驗，同時默默感受著對面法國情侶散發出那不管他人死活的浪漫。

服務生特地幫我拿了英文菜單，但菜單上全是陌生的食材名，所以我直接點了主廚推薦的套餐。前菜是紅蘿蔔佐油醋，原本難以下嚥的生紅蘿蔔絲配上酸油醋後，竟意外地讓人胃口大增，不知不覺間我竟將整盤全都吃完；主菜是燉牛肉馬鈴薯，牛肉燉煮地非常軟嫩又入味，配上幾塊香軟的馬鈴薯，真讓人停不下口；最後上的甜點是巧克力慕斯，口感鬆軟絲滑，味道冰甜。三道菜一共15.5歐，環境和服務都很不錯。我想網路評價果然很具參考價值，這在巴黎市區真是CP值很高的一間餐廳。

吃飽後想散步到距離不遠的巴黎歌劇院，但天空突然又下起大雨。我匆忙地跑進路邊一間店裡，趁著躲雨的時間在店內閒逛。這是一間二手古著店，門口的招牌寫著Vintage，衣服都是秤重按公斤算。店內服飾風格多樣，尤其有很多具度假、休閒感的衣著都正中我的審美，讓我失心瘋地想買一堆先寄回臺灣。在內心萬般掙扎下，我還是買下一件好看的薄外套和一件輕薄紗裙，秤重後一共9.2歐。雖然背包更重一點，但肩上承載著是購物的喜悅。店面隔壁是一條復古的半室內傳統街道passage jouffroy，每間店有木質的建築門面和大片的玻璃櫥床，有的賣著玩具小物，有的則古書攤，又讓我逛得心癢，想著下次來巴黎時，就回來這裡買吧！

等街外雨勢漸漸變小，我重新出發走往巴黎歌劇院。網路上寫著營業時間到下午五點，但我到達售票口已經五點多了。正失望要離去時，一位工作人員招著手跟我說可以到前面人工買票，並指引著我走近窗口。當時除了我和兩位售票員，身旁幾乎沒有其他遊客。而歌劇院下層的燈光昏暗，牆上又放著多面鏡子，悚然呈現交錯複雜的空間感。這一切讓我想起〈The Phantom of the Opera〉的場景，好似男主角魅影會隨時現身。沿著階梯走上去，十九世紀建造的古老歌劇院，內部裝潢真是奢華到極致，炫麗的建築雕刻、璀璨的水晶吊燈、一層層紅布座位與布簾。恍惚間，能幻想著當時歐洲貴婦們提著厚重裙襬、帶著插羽毛的高帽來這裡看歌劇的模樣。

逛上不久，肚子突然一陣滾痛。我繞著劇院外的走廊尋找廁所，整層樓女廁竟只有小小的兩間，起身沖水都會感到狹窄。我坐在裡面一頓輸出，過一陣子走出來，發現四周只剩我一個人，找不到其他遊客的身影。我快步地往出口標示移動，直到看到還在營業中的販賣店才鬆了口氣。出歌劇院後，旁邊就是知名的老佛爺百貨。進去淺淺地看了一圈，沒有多做停留，很快地坐上地鐵回到第四區，想趕在完全天黑之前回到青旅。

巴黎第三日，塞納河 2023/07/28

今日上午仍是陰天，想漫步於左岸拉丁區。從盧森堡公園走到先賢祠，再到河畔的巴黎聖母院，拉丁區的街道填滿了我對浪漫的想像。一早特別去到〈Emily In Paris〉劇中的麵包店，想起劇情裡 Emily 剛來法國的樣子，腦海突然有個念頭，想挑戰今天完全不說英文，都只用法文點餐溝通。剛開口時還是有點膽怯，還好店員溝通起來讓人很自在，順利地買到與 Emily 同款的 Pain au chocolat 巧克力可頌，也讓我對法語口說的信心大增。

轉瞬間，窗外突然又下起滂沱大雨，雨聲落在人行道上發出啪啪聲響，勢必是無法繼續在室外遊逛。於是我和幾個買麵包的客人，坐在店門外棚子下的桌椅，邊吃著麵包，邊享受清晨陣雨帶來的涼風吹拂。幸好是被困在這個香甜的美食地。酥脆的可頌裡，包著香醇的巧克力，咬下一口真覺得驚豔，是我有生以來吃過最好吃的可頌，

IGERIE MODERNE 16
PATI
Tél: 01 43 54 12 22
Pâtisserie
Cuisine

所以在要離開之前，我又買了一個，想著晚點還能在路上當點心吃。

雨聲漸小後繼續踏上旅途，拉丁區街道上一些窗邊種著花，房屋牆上會漆上各式顏色。這些景物在雨後陽光的沐浴下，變得像清淡的水彩畫，在我眼裡輕抹填色。街道兩旁有很多文青小店可以逛，對於無法負重太多伴手禮的我，又是一場慘無人道的禁慾之旅。走到塞納河附近的街巷，有一間 Le Petit Prince 小王子的專賣店。夢想當牧羊人的我，在貨架上看到可愛的綿羊吊飾，忍不住誘惑地收服這隻綿羊。出了店門後我警告自己再亂買就把手砍掉，所以往後的路途只買一些路上喝的飲料和軟糖，準備走去塞納河畔找些午餐吃。

方才望見塞納河畔，路上遊客又開始簇擁起來。沿途莫名地走進一條小巷，無意間撞見一棟天主教教堂 Saint-Séverin。雄偉的建築有哥德式的華麗外觀，窗上佈滿具故事性的彩繪玻璃，呈現一種在臺灣不曾見過的美好景象。偌大教堂裡只有零星幾個人，四周的彩繪玻璃透著輕薄的陽光，氣氛很是安祥寧靜。我坐在後方一排木製長椅上，試圖靜下來跟上帝說說話。片刻，淚水沿著臉龐滴落在木椅。我輕聲感謝上帝，帶我來到這麼遙遠的地方，也請求祂賜給我一路上的平安與勇氣，保守我後面的路途一切順利。離開前在奉獻箱投了些零錢，然後在一旁的木籃裡拿了一個小小的雕刻聖母像紀念。

午餐吃河畔餐廳的 La Crème de Paris Notre-Dame 法國煎餅，也是一間網路推薦的名店，排隊的人潮絡繹不絕。然而煎餅非常薄又軟軟的，與想像中香脆的口感有很大的落差。更讓人難受的是，接待我的年輕女店員和我對談時總是皺著眉頭，翻白眼，說話語氣非常不耐煩，這態度與對待其他法國客人截然不同。雖然在來歐洲之前，早有會受到歧視的心理準備。但在歧視真正發生時，卻很難在當下做出反應，且情緒還是會受到影響。身為人類學徒，我多希望這世界充滿對於不同人群和文化的包容，而不是比較和歧視啊。

煎餅店附近就是莎士比亞書店，有世界最美書店之稱，海明威等著名作家都曾停留於此。書店門口有非常多人，需要分批排隊進去。走進書店內發現空間並不大，有著很多開放式的小房間和閣樓。每面牆都擺滿書籍，就像魔法電影會出現的場景。從木樓梯循著琴聲上樓，閣樓上除了書櫃外，還放著古老的舊鋼琴、打字機，跟幾張陳舊的布沙發。彈奏鋼琴的是一個看起來與我年齡相仿的亞洲男生，旁邊坐著他朋友。我主動走近跟他們打招呼，兩人竟然都是臺灣人。難得遇見同鄉人，我們聊了一下彼此的旅程。我說自己是一個人來，所以晚上不太敢在外面遊蕩。但他們回答：「巴黎的夜景很值得，而且晚上市區還是有很多遊客，不用擔心，妳不看會後悔的。」我想今天也是在巴黎的最後一晚，那晚點也出門看看吧！

離開書店後，我走向對岸的巴黎聖母院，應該是之前聖母院失火整修的緣故，現在還不開放參觀。幾百名遊客聚集在廣場前拍照，卻連聖母院的影子都看不到。就在廣場與馬路之間，看到有個通往地下的樓梯，標示上寫著 CRYPTE

ARCHEOLOGIQUE，竟然是藏在聖母院底下的考古地穴博物館。地穴博物館的昏暗靜謐，與人潮聚集的廣場形成強烈對比，似乎沒有人注意到它的存在。應該不是大家都對考古學沒興趣吧？我抱著疑問走下階梯，入口有個售票口，除了一位售票員之外，周圍再無其他遊客。

博物館裡現地展示考古學家發掘出的羅馬時期建築遺跡，是巴黎最早建設的碼頭和公共澡堂。清楚可見的石質建築體，像是將這段歷史鑲嵌在土壤裡。看著如此厚重而真實的城市史，我真替樓上那些顧著拍照的遊客們感到惋惜。遺跡旁邊設有模擬動畫，我駐足著，想像當時人們在這裡生活的樣子。據說巴黎在過去曾是個鄉野小鎮，是羅馬人在此建造碼頭後才開始繁榮起來，時至今日成為世界最大城市之一。展示內容大多是法文，還好在這裡沒有時間壓力，也沒有人潮擁擠，我能慢慢拿著手機逐一翻譯。離開博物館前還看到一座拍貼機，有用背景合成的聖母院照。能現場影印一份出來，還能寄到電子信箱裡，是意外收穫到的紀念品。來到這考古地穴博物館，就像是上帝給予我的小驚喜。

下午巴黎市區被一場突如其來的暴雨襲擊，程度不亞於臺灣颱風天的特大豪雨。我剛好站在公車亭裡等車，唰一聲，路上的行人都慌忙地衝進來躲雨，原本就不大的公車站，身旁瞬間塞滿十幾隻落湯雞。回到青旅休息，想等雨停再出門看夜景。七月的巴黎，晚上九點半才日落，到八點左右雨停後，窗外天空都還亮著。我搭公車到鐵塔附近的聯合國教科文組織，這是小時候曾經夢想來工作的地方。走往鐵塔途中經過一座籃球場，往籃框後方望去就是碩大的鐵塔，我用力地將這幅風景烙印在心底。籃球是我最喜愛的運動，若能在這裡打場比賽，真是再美不過了。

黑夜之下，艾非爾鐵塔變換著不同顏色的燈光，在每個遊客的眼眸中綻放。我感受著夜間模式的巴黎，似乎比白天更加歡騰熱鬧。氛圍就像絕句裡「今朝有酒今朝醉」一般放浪，所有人都浸泡在城市霓虹燈光下，只容得下快樂而見不得憂傷。我隨著人潮又走到對岸較高處的夏樂宮，腳下的巴黎市區漸漸縮小，變成一叢叢密集的亮點，勾勒出這世界級大城市的繁華模樣。在夏樂宮觀景平台，遇見幾位街頭藝人在開著音響演唱。此時，來自世界各地的人們聚在前方的階梯，有的人手腳打著節奏，有的人在旋律間起舞，隨著熟悉的名曲大聲歡唱。歡愉的氣氛實在太讓人著迷，不知不覺間就在這裡待到午夜。

巴黎第四日，再見巴黎 2023/07/29

早上退房後，背上所有行囊，想去塞納河坐船和吃最後的法餐，其他時間就漫步在市區隨意閒晃。晚上九點前要到火車站，搭車去南方的 Bayonne，將結束巴黎之旅。

上午散步經過靡麗的巴黎市政廳，因為巴黎將要舉辦奧運，市政廳前擺上五環標誌，滿大街都開始賣著奧運紀念品。我又隨意徜徉在街區裡，公園的鴿子、廣場的噴泉、公車站的精品廣告、藥店前的保險套販賣機，特別喜歡這些微不足道卻別具特色的城市記憶。逛到口渴，就走進路邊一間超市，體驗每間超市中都有擺設的自助榨汁機。從架子上拿個空瓶子放在水龍頭下，壓下水龍頭就會掉出一顆橙子，夾在機器中間，繼續壓著，果汁就被擠壓出來。在法國人眼裡的日常，對我來說充滿新奇。果汁新鮮好喝，而且價格出奇地便宜。

隨著人潮走到繁榮商店街 Rue Montorgueil，差不多到午餐時間，查到附近有一間

平價法餐 Le Petit Bouillon Pharamond，還沒開門就排著二十幾組人。還好，單獨一個人去巴黎餐廳吃飯，好像總是會有位子。我想試試過去印象中的法國食物，所以點上黃油蝸牛和牛排佐焦糖洋蔥配薯條。黃油蝸牛上桌後，一陣奶香撲鼻而來。專門盛裝蝸牛的鐵盤，上面有六個小小的半圓形凹洞，六隻蝸牛就靜靜躺在凹洞裡。服務生遞給我一個形狀奇特的夾子，應該是用來夾蝸牛殼的。第一次使用這種夾子，我手法生疏的嘗試了幾次，用半天才吃掉第一隻。蝸牛吃起來就像臺灣常吃的螺類，肉質很有嚼勁。雖然味道有輕微的腥味，但大多被黃油的奶香味蓋過了，其實比我想像中更好吃。

主餐點牛排和薯條是因為英文中的 French fries，但上網查才發現薯條跟法國根本沒什麼關係。French 是來自烹飪用語的 French-cut，切成細長條的意思。酸甜味的焦糖洋蔥醬搭配牛排，還有鹹味的薯條，吃完很有飽足感，味道也不讓人失望。這餐一共17歐左右，還好我的食量非常小，每天只吃一餐正餐就會飽，不然巴黎的伙食費很容易讓旅人破產。

塞納河遊船用淘寶購票有半價優惠，買好電子票就能過閘。見到遠處一艘中型雙層遊船靠岸，船體看起來能容納四五百人，遊客卻都只聚集在上層的露天座位。沿途有多國語言的導覽解說，也有中文，但露天區人聲實在太嘈雜，聽不清楚導覽內容。我坐在欄杆邊，沿著河道回顧這幾天走過的景點，心裡默默跟巴黎道別。感謝主帶我來到這裡，體驗如此豐富有趣的旅程，不知道下次再來巴黎會是什麼時候，再見巴黎。

COLIPONT

四、啟程：兵荒馬亂第一週。

法國鐵路篇 - 2023/07/29-30

出發前幾天，在臺灣用手機軟體買 sncf 火車票，第一次自己買國外車票總感覺有些害怕，因為軟體介面是法文，需要選擇車次和臥鋪票，擔心會因為翻譯不當而買錯。從巴黎到法國南部 bayonne 的夜班火車要坐 12 個小時，幾乎是橫跨整個法國內陸。因為訂票時已經沒有早鳥優惠，臥鋪的票價高達將近五千新臺幣。不過我想著這麼臨時決定的行程，還能買得到時間合適的票就值得慶幸了。

里昂車站 Gare de Lyon 在巴黎第 12 區，下午搭地鐵到火車站後還有很多時間，就在大廳裡找個有充電插座的位子坐著休息。座位區旁放了一架公共鋼琴，陸續有幾個人坐上去彈奏。優美的音律讓匆忙的車站增添熱鬧的氣息，是西方國家獨有的車站風情。晚上九點多，列車進站後我匆匆走往月台，這班車共有 21 節車廂，長度超乎想像，站在車頭是完全看不到車身盡頭的。我的座位在最後一節 VOIT 21，沿著月台走上幾分鐘才終於抵達車廂。

走入第21節車廂，先是看到左手邊一間廁所門。往後看去，車廂右側是一條長走廊，左側則是好幾間臥鋪房間。我的房號是長廊的第一間，剛推開房門，就看到一位裸上身的外國帥哥，頂著一頭棕色捲毛和一身飽滿的肌肉，半臥在床上看書。房間空間很小，大約兩坪左右，卻能夠塞進六張床鋪。中間走道寬度只能容納一個人，左右兩側各有上、中、下三張床鋪，上面的床鋪要用鐵製的腳踏板才能爬上去。

我的位子睡在左邊中鋪，與光著身子的帥哥平行，也剛好只有中鋪可以清楚看到窗外的景色。臥鋪的床柔軟舒服，雖然空間狹窄到無法直挺的坐在床上，但躺下時並不會感到擁擠。床邊有附枕頭、被子、瓶裝水、一個旅行包，裡面有潔牙組、耳塞、眼罩等等小工具，車上也有免費網路能使用，真是麻雀雖小五臟俱全的列車。跟哈爾濱坐回北京的臥鋪比起，這裡的床板感覺更老舊一點，但設備和配件上有更多巧思，是格外有趣的體驗。

火車開動之後晃動劇烈，但入睡之後意外的安穩。只有半夜靠站時迷糊地醒來一次，隨著車身啟動後，我很快又再次睡去。過程中擔心自己睡得太熟，隨身行李會被偷走。所以我用手腳纏著後背包的肩帶，將背包完全壓在身體內側，並蓋在毯子和外套裡。一直睡到早上五點，窗外天色逐漸明亮起來。被陽光照醒後，我走出房門，到走廊外上廁所。車廂的廁所小巧精緻，設備乾淨且沒有異味，甚至有面大鏡子能整理我剛甦醒時糟亂的面容。回房間後，我吃著先前在超市買的零食，半靠在枕頭上看著風景。這時窗外已經完全沒有城市建築，全是鄉間田野和遍地的圓筒草堆。

早上九點多終於到要轉車的城鎮 Bayonne，十二小時的臥鋪讓我全身透著一股慵懶，剛下車一度不良於行。Bayonne 車站不大卻有眾多人潮，似乎是剛好遇上當地巴斯克族群的 Bayonne 狂歡節，每個人都穿著白衣白褲，配上一條紅色領巾，讓穿著全黑的我看起來格外突兀。隨意逛了小鎮的街道，地板由石磚鋪成，房子風格和法國北部城市不太相同，少了點華麗感，多了些木質、磚頭的樸實素材。我到車站前的麵包店買一個葡萄乾麵包當作午餐，十一點多就準備回車站換車。

從 Bayonne 車站轉乘到朝聖之路起點 Saint-Jean-Pied-de-Port，迎面而來的是只有兩節車廂的小列車。沿途經過幾個南法小村莊，房子都是米白色建築搭配橘紅色屋頂，一旁還有放養牛羊的山丘草原，簡直是童話故事裡的夢幻場景。沈迷於風景之餘，我觀察車子周遭的乘客們，大部分乘客都背著專業的大登山包，看來也是朝聖者。列車經過幾個鄉村小站後，很快地到達 Saint-Jean-Pied-de-Port，準備下車。

準備日、2023/07/31

Saint-Jean-Pied-de-Port 是一個古老的中世紀小鎮，沿著庇里牛斯山腳的小山坡建成。小鎮裡有一條由石頭鋪成的主街道，坡度陡得像滑梯。鎮上的朝聖者起點辦公室

下午兩點才開門，我只好先背著行囊隨意漫步。主街道中段有小橋流水，以及教堂的鐘塔建築，兩側房屋都保有復古的風格。建築外側有還一層舊圍牆，圍牆上留有過去防禦用的槍口。從槍口看出去，山坡下還有另一個看起來較新，規模較大的聚落。而Saint-Jean-Pied-de-Port 彷彿是格林童話中的城鎮，保有歷史、宗教、防衛等各種如夢似幻的色彩。

主街道上大致有兩種店鋪，一種是巴斯克紀念品店，一種是朝聖者用品店。不得不提到巴斯克人散發出強烈的族群認同，他們有自己的旗幟、語言、服裝、節慶，連初來乍到的外地人都很難不注意到其獨特性。積極地文化展演，或許與他們長期爭取獨立的歷史脈絡有關。趁著在小鎮閒晃的時間，逛了幾間朝聖者登山用品店，我思考著自己到底需不需要使用登山杖。考慮到不想雙手一直拿著，也不想讓背包增重，而且回程可能無法拿上飛機帶回臺灣，但是不買又擔心前幾天的山路不好走。在諸多考量下，最後決定買一支10歐元的木杖，雖然也不太專業，但想著多少能有個支撐，沿途還能想像自己是個牧羊人。

下午兩點推開木門，準時走進朝聖者辦公室。辦公室空間不大，進門的左側是一排長桌，裡面坐了五個面帶笑容的志工。我被一位志工爺爺招過去，爺爺拿著法國之路的路線地圖，用口音超濃的法式英文告訴我明天該怎麼走，路上要注意什麼。接著，志工爺爺給我**2歐元的朝聖者護照**，護照上面有很多格子，用來搜集沿

途教堂、城鎮商店、庇護所的印章，印章上會有不同圖案和蓋章日期，能用來證明朝聖者走過的路途。

爺爺幫我蓋了起點的第一個印章，內心有難以言喻的激動，我的朝聖之路就要開始了。拿好資料、地圖和護照，我到辦公室後方的奉獻箱投錢，並選了一個代表朝聖者的大貝殼。每個朝聖者都會把大貝殼掛在背包後面，據說是過去留下的傳統，也是最容易辨認朝聖者的方式。選貝殼的時候，一個年輕帥氣的韓國歐爸跟我打招呼，是這裡唯一的亞洲志工。要離開辦公室之前，他伸手送給我一顆檸檬糖果，我接過來，面帶羞澀的笑著。

晚上住的庇護所是鎮上的 Le Chemin vers l'Etoile，一晚21歐。庇護所是朝聖之路中旅館的稱呼，很多是專門提供給朝聖者的，需要有朝聖者護照才能入住。價錢通常比一般旅館便宜，但大多都是像青年旅社或背包客棧的上下舖和公共衛浴。有時是十

幾個人一間房，有時甚至上百個人一間房，房間不一定有分男女。這間庇護所的老闆是個有趣的光頭大叔，邊蓋章邊給排隊入住的朝聖者們煲心靈雞湯，Live is short…Camino is the way to find happiness…大概這樣演講了三分鐘多。

上樓後我選了一個下舖位置，床舖很軟，比想像中舒服。浴室也意外地乾淨，還有附吹風機。來這裡住宿的朝聖者非常多，剛開門不久，整層樓的床位都滿了。大家都背著掛貝殼的登山包、拿著兩支登山杖、穿戴護膝、登山鞋，裝備都專業得讓我不自覺地擔憂起來。我就像個來郊遊的門外漢，是不是太高估自己了？

洗完澡後將近傍晚，我又踏入美得讓人著迷的主街道上，再次經過了朝聖者辦公室。裡面的韓國歐巴志工向我招手，於是我進去找他聊天，聽他分享之前走完的經驗和照片，加了彼此的社交帳號。他興奮和我說哪個城鎮很值得一去，並鼓勵我一定能走到終點。聊著聊著，發現自己手機快要沒電了，很快地和歐巴道別，走回

庇護所躺在床上充電。回想今天一整天竟然只吃過一個葡萄麵包，肚子好像有點餓，但懶得再走出去覓食了。在床上慢慢地闔上了眼睛，希望後面旅途一切順利，明天加油，Buen Camino。

第一日，見上帝的庇里牛斯，2023/08/01

里程數：25.20km

起迄點：SJPP-Roncesvalles

時間：12 小時

住宿：Roncesvalles Pilgrims Hostel 14€

聽說第一天是整條法國之路最艱辛的行程，要徒步翻過庇里牛斯山脈，最高海拔大約 1400 公尺左右的上下坡，且會從法國走到西班牙境內。我平常並沒有太多爬山經驗，也沒有負重練習過，帶著年輕就是本錢的天真浪漫上路，但今天的路程真的 Almost kill me。

早上四點多起床剛想喝水時，卻發現背包旁的羅浮宮紀念杯消失不見。回想起來，

可能是昨天逛街的時候不小心忘在鎮上的雜貨店裡。不捨得遺棄唯一的羅浮宮紀念品，我當下很崩潰地決定，要等到早上九點開門後去雜貨店裡找找再上路。

然而，正在為延遲出發感到焦慮的同時，下腹頓感一陣悶痛。我急忙跑去廁所，脫下褲子發現內褲上已經一抹鮮紅，生理期竟在最不該來的時候來了。想到可能要在腹痛、流血的情況下走完第一個星期，讓我剛出發的信心受到沈重的打擊。接踵而至的糟糕事就此打碎了第一日的興奮期待。眼看其他朝聖者早上六點前就出發了，整個小鎮變得空蕩蕩的，徒留我一個人在原地不知所措，抱著肚子無助地蹲坐在街邊啜泣。

等待到九點還有幾個小時，我收拾好心情，又去逛鎮上的登山用品店。因為在巴黎多買的幾件衣服讓原本的小背包已無法負荷，而且看著其他朝聖者裝備齊全，我開始考慮要換個大一點的專業登山包。買木杖的店裡有個灰黑色的登山包，顏色和外觀我都很喜歡，而且似乎是鎮上目前最便宜的一款。我說服自己換新的登山包走起來會輕鬆一點，也當作是買新禮物安慰自己，就忍痛花了84歐元買下。幸好，早上九點到雜貨店裡順利地找回紀念杯，放入新背包後整理好行囊，帶著忐忑不安的心情踏上一個人的朝聖旅程。

離開小鎮馬上就是好幾段上坡路，坡度陡峭，感覺坐著就能滑下山腳。剛來的生理期使我下腹部不斷絞痛，前兩個小時身體狀況都不太好。不久，眼前的風景竟開始旋轉，才想起從昨天中午到現在，事情接二連三的發生，我完全忘記要吃飯，而餓了一整天。現在暈眩的症狀很可能是低血糖或貧血所引起的，簡直太不要命了。趁著還沒走入深山，我馬上在附近找到一間在山腰的農莊。好在農莊的販賣機還有賣可樂，能夠即時補充血糖。我坐在農莊外的桌椅區休息了十分鐘，等到暈眩感減退後又再次出發。

經過山腰的幾戶人家後，開始進入庇里牛斯山區。地面也從柏油和水泥路，逐漸變成滿地碎石和糞便的泥土路。一路上風景美得難以置信，隨處都是放牧的牛、馬、羊群，頭上還有盤旋的老鷹。越往山上走，視野越是遼闊。陽光下一片藍天白雲，我在高處眺望山腳下的南法村莊，橘紅色屋頂映襯著廣袤的綠色大地，眼前的一切宛如仙境。我頻頻回頭遠眺，希望自己永遠能記得這離家一萬多公里才看見的美景。乾爽晴朗的天氣走起來很舒服，讓我幾乎忘卻早晨憂慮的心情，一路上步伐輕快地哼著歌。身體慢慢熱起來後，下腹不舒服的感覺也隨之消失。

經過一座山頂草原，不遠處傳來此起彼落的鈴鐺聲，我發現有大批的羊群放牧在山坡上吃草。因為從小一直有個要遠離塵囂，去山上當牧羊人的夢想。我拿著木杖往羊群跑去，站在在羊群身後的草地上，留下像牧羊人般的合照。就像淺淺的一次圓夢，我很快樂，很久沒有一個人這麼開心的笑著。拍完照後我和羊群道別，又繼續上路。

隨著時間過去，我的腳步開始變得沈重，在烈日下要走連續八小時的上坡路。因為要趕著天黑前下山，中間幾乎沒有休息，只有停下來拍照幾次。一路堅持到下午已經精疲力盡，整天沒吃飯加上生理期的第一天，再美的風景都難以支撐將要透支的體力，好幾次都覺得我快要倒在山上去見上帝了。然而每當我走到內心絕望，頭頂上就會出現七隻盤旋的老鷹。抬頭仰望，牠們竟一同飛往我前進的方向，感受到偌大的鼓舞又有了前進的動力。

第一次看見這現象還覺得稀奇，直到我在最難熬的幾個路段，都見到不下三次七隻老鷹齊飛。腦海裡突然浮現聖經中，以賽亞書 40:31：「但那等候耶和華的，必重新得力。他們必如鷹展翅上騰，他們奔跑卻不困倦，行走卻不疲乏。」在四周無人的山路中，心裡就把這七隻老鷹當作是上帝的鼓勵和陪伴，一個人走也不害怕孤單。

上坡路上偶爾會見到路邊堆著石堆，是過去路過的朝聖著們留給後人的指標。石堆上除了會有指路的黃色箭頭，還能看到許多人用來祈福或紀念的相片和物品。我也會在附近地上撿一顆石頭放上去，並祈求上帝保守我的路途平安。石堆讓我想起西藏地區祈福的瑪尼堆，和我半年前曾遊歷內蒙古，在廣袤草原上見過的敖包，其意義和用途都非常相近。

直到下午五點我才走到山頂，過完山頂很快就走到法國和西班牙的邊境線，一腳跨過就入境西班牙了。然而根據導航，我還得走三個多小時的下坡路，才會到今晚要住的小鎮。還好這裡夏天九點才會日落，我告訴自己別怕，天黑前能走到就好。然而本來在路上偶爾會遇到幾位朝聖者，能相互鼓勵說聲 Buen Camino，但大概到下午五點之後，偌大的山脈裡，像是只剩我一個人。後面的三個多小時的路途，完全沒有遇到任何朝聖者，而只有藍天，牛羊，草地，碎石和泥土。

下山時我沒注意到新的指標而走錯岔路，意外進到昏暗的森林泥濘中。但我實在累到沒力氣害怕，體力幾乎透支。我試圖快步回到正軌，身體卻早已不聽使喚。用口鼻大聲喘著氣，同時又無助到崩潰大哭，整座山脈只迴盪著我的抽泣聲。這時，一陣鈴聲戛然而起。我停下腳步，手機畫面顯示「媽咪」的 line 來電。不想讓遠在臺灣的母親擔心，我馬上收起哭聲和鼻音，很快地接上電話。

出國前我跟母親約定好，每天走到庇護所都要報平安，按照其他朝聖者的經驗，通常下午兩點多就能到庇護所休息。但現在已經是西班牙時間下午六點多，媽媽問我是不是遇到困難了，怎麼這麼晚還沒走到。我強撐著快潰堤的情緒，鎮靜地回答，我正在下山途中就快走到了。掛電話後，我再次放聲大哭，想快點到達休息地，而用小跑的速度衝下坡。用盡全力終於翻過整個庇里牛斯山脈，脫離陡坡下到山腳。見到一條柏油公路就近在咫尺，好久沒看到人造物，眼眶又再度泛紅。還好最終有平安地到達平地，為自己鬆了一口氣。

沿著公路前進，九點前終於走到庇護所。庇護所建築像是古老的教堂，灰黑色的石砌牆外觀和鐘塔看起來格外莊嚴。門口的志工爺爺很擔心地問我怎麼一個人這麼晚來。爺爺帶著我到櫃檯處理好住宿，叫我把行李放著快點去外面吃飯。晚餐只剩一間餐廳還開著，提供朝聖者15歐元的自選套餐。服務員姐姐人很好，店快關門了還是面帶笑容地接待我，幫我安排一個人的座位。走了12個小時的山路終於能坐在椅子上，大概是經歷苦難後，幸福就變得很簡單，連坐著都讓人感到欣慰。我當下已經幾乎感受不到自己快解體的雙腿。

前菜起司義大利麵很快就送上桌，包著餡的綠色面皮，搭配著白色起司醬。在嘴中味道和想像中完全不同，就像是西方在地化的水餃。熱騰騰地吃著很香，身體很快就暖起來；主餐是馬鈴薯燉牛肉，在歐洲吃燉牛肉總是不會讓我失望。口感軟嫩且燉煮的很入味，讓我邊嚼著邊揚起了嘴角，不知道是不是自己餓壞了，什麼食物放入嘴中都覺得無比美味。最後上的甜點是冰淇淋蛋糕，整塊蛋糕體都是香草冰淇淋和巧克力碎片，簡直是完美的餐點結尾。在這些食物端上來的那刻，眼淚又不自覺滑落。回想著這一天的遭遇，又餓又累沒吃飯的我，能堅持走到這裡享受著美食，這苦盡甘來的感覺像是一生中最幸福的晚餐。

晚上十點多吃完飯，走回庇護所時大門已經被鎖起來了，我並不知道十點以後有門禁，才發現這裡像個規則森嚴的修道院，十點準時熄燈。晚上氣溫驟降變得非常寒冷，我顫抖著站在大木門前敲門，一個爺爺從二樓窗戶探出頭，下來幫我開門。他嚴厲的問我為什麼沒有遵守門禁，讓我感到害怕而不停道歉。還好爺爺可能看我不是故意的，最後溫柔的叫我趕快上樓睡覺。走到樓上是一個超大房間，有兩百多個上下鋪睡滿了朝聖者。我靜悄悄地放好行李，去洗了熱水澡。一回到床上就立刻睡著了，結束了美麗又災難的第一天。

以賽亞書 40:31：「但那等候耶和華的，必重新得力。他們必如鷹展翅上騰，他們奔跑卻不困倦，行走卻不疲乏。」

第二日，最喜歡的小鎮，2023/08/02

里程數：21.34km，累積 46.54km

起迄點：Roncesvalles-Zubiri

時間：6 小時多

住宿：Concejo de Zubiri Pilgrims Hostel 12€

早上五點多朝聖者們陸續起床，我也被他人收拾物品的雜音吵醒。最意外的是昨日體力透支的雙腿竟然沒有痠痛感，只有屁股後面略感緊繃，簡直是個奇蹟。在鎮上吃了豐盛的早餐，記取昨日慘痛的經驗，我把沒吃完的蘋果和蛋糕帶在身上，以防路上會餓肚子。出發後，早上走起來步伐意外地輕快。穿越一片樹林後看到一間地方超市，買了一瓶0.6歐超便宜的七喜，同樣的商品在巴黎至少賣2.5歐，物價上的極大差異也是種文化衝擊。沿途經過的小鎮都很平靜美麗，居民都會在窗邊種花，門前還有超乾淨的流水溝渠。

在進入一段鄉村小路時，遇到四個來自義大利和西班牙的中年大叔，看見背包上的貝殼，他們也是朝聖者。大叔們英文不太好但很熱情幽默，我們一起走了很長一段路。路途中大家各種語言夾雜，雞同鴨講地介紹彼此。他們知道我是臺灣人後，一直興奮地問我「Are the Chinese good?」我點點頭，但他們的表情好像不太滿意。直到我帶了一點玩笑的語氣說「Oh they are bad」他們才開心大笑地附和「Ya bad !」。原來連遠在西班牙大叔都知道臺灣的政治議題，這讓我很是吃驚，過去總以為臺灣在世界來看，是個微不足道的小島嶼。西班牙大叔們一路上都在學路邊牛群、羊群的叫聲，我則是沿路笑到不行。他們的腳程很快，一直用西班牙文又搭配手勢叫我快點跟上，但走到後面真的太累了，只好請他們先往前走，而自己一人坐在泥土路上，喝著早上買的七喜原地休息。

休息不久後，迎面而來一個亞洲面孔，感覺與我年齡相仿。問候得知是在法國讀書工作的成都姐姐。我們用英文聊了很久，才突然意識到彼此都會講中文，而有種他鄉遇故知的感動。之後的一路都和成都姐姐一起走，聽她講述一個星期前剛和法國男友分手的故事，還有她在法國的求學經歷和工作生活。她的健談和熱情，讓我們聊得格外開心。

如果問我為什麼遊記裡很少出現人名，主要是因為要短時間內記住這麼多外文名字實在太困難了。突然想起《阿甘正

傳》電影中，人群混雜的軍隊裡，也都用美國州名稱呼彼此。起初覺得這樣不太尊重人，此時卻知道這麼做很有道理，用國家和地區來記人，就是更快速且簡單明瞭。好笑的是朝聖者們都記得我叫 Vivian，當他們遇見我喊「Vivian」，我只能回聲「Hi!」，只有少數幾位常常一起走、聊過天的朋友，我才慢慢記得他們的名字。

經過一小段上坡和難走的岩石路段後，下午兩點終於走到預計目的地 Zubiri。路程比昨天輕鬆很多，但長時間背著沈重的行李還是很累，腳踝和肩膀開始感到疼痛。Zubiri 鎮上有一座古老美麗的石橋，下面有清澈的河流流經。鎮裡居民大概只有十幾戶，其中有三、四間提供朝聖者住的庇護所，一間超市，兩間酒吧，很符合我對於歐洲鄉村小鎮的想像。我和成都姐姐決定住在較便宜的公立的庇護所，在裡面遇見很多這兩天路上認識的朝聖者。

庇護所的洗衣機大多都需要投錢，所以我每天都在洗澡時，順便手洗脫下的衣服省下花費。看著從衣服沖刷出的汗漬髒污，總有一種不虛此行的成就感，一天的努力和疲勞都在這骯髒的泡沫下被具象化了。下午曬好衣服後，一個人跑到橋下的小溪邊泡腳。坐在小溪中的石頭上，被和煦陽光曬得溫暖，任由沁涼的溪水穿梭在十指之間。溪水冰涼，輕輕地滲入體膚之下，減輕了腳踝的痛處。整個小鎮在下午呈現一種很chill的氛圍，有的人坐在酒吧外的桌椅聊天，有的人躺在溪邊草地上休憩，有的人和我一樣浸泡在溪水中。若這世界要任選一

個角落把我留下，就在這裡吧。

泡完腳回到庇護所小憩一下，醒來後大約是晚上六點。我睡眼惺忪的走去對街的酒吧，買一個香味撲鼻的馬鈴薯培根起司烤肉醬鹹派，配上冰球檸檬可樂。鹹派鬆軟地化在口中，幾種食材的味道被烤肉醬調和，就像這座小鎮於我的體會一般，表面輕柔卻讓人有炙烈的感受。我心想這是我最喜歡的小鎮和最喜歡的鹹派了。坐在酒吧窗台，看著室外桌椅區幾個剛認識的朝聖者向我招手，我笑著舉杯回應大家。漸漸地，國家和語言不再是隔閡，朝聖者們只需要一個眼神就能

傳達彼此鼓勵、彼此關懷的心意。

晚上睡覺時，我的下鋪是一位長滿落腮鬍的歐洲老爺爺，我回到房間時他已經在休息了。然而入夜之後，下鋪隨即傳來震耳如雷的打呼聲，且床鋪似乎不太穩當，整晚像地震一樣震動搖晃，讓人難以入眠。疲憊的我在床上輾轉反側，直到將近凌晨三點才睡著，但睡不到一小時又被震動的床鋪搖醒了。

詩篇 23:2：「祂使我躺臥在青草地上，領我在可安歇的水邊。」

第三日，美麗的奔牛鎮，2023/08/03

里程數：20.25km，累積 66.79km

起迄點：Zubiri-Pamplona

時間：5 個多小時

住宿：Jesús y María Hostel 11€

早上四點多已被吵得毫無睡意，天還沒亮就起床了。在西班牙內陸的夏天，下午的氣溫會接近攝氏40度，所以大多朝聖者都會很早起，趕在中午左右就到達預計休息的城鎮。我走到樓下遇到會說中文的韓國大叔，他說第一天的路程太累，導致腳痛到睡不著，就坐在這裡按摩一整個晚上。我邊跟他聊天邊吃昨天買好的早餐，後來有三、四個朝聖者也陸續起床。時間大約早上五點，我已經整理好裝備準備出發。

這裡的日出時間是早上六點以後，而離開小鎮的路上完全沒有路燈，望向眼前的路途一片漆黑，見不到任何建築和人影。所以我才剛離開 Zubiri 小鎮，就不敢再繼續前進，只好一個人呆坐在原地，抬頭看著漫天的星星，想等到有其他朝聖者過來再一起踏上旅程。還好很快就有腳步聲接近，走來的是來自香港大哥哥叫做 Sam，在亞洲朝聖者比例極少的情況下，能遇見 Sam 真的很幸運。我們邊走邊用中文聊天，好像有人陪著就能走得特別快。月光下輕踏過了一個又一個小鎮，看著太陽在眼前逐漸升起，天亮了。途中經過一段林間小徑，見到草叢邊的馬、野鹿、野貓和大鵝，甚至有一隻大野豬在我們面前衝往另一側的林子裡。我想人生的意趣或許就在於突如其來的際遇，不論是人、動物還是景色，Camino 路途中每天都會帶來驚喜。

沿途經過幾間教堂，可惜時間太早還沒開門，所以我們沒有多作停留，很快就進到市區。走到市區還要大約一個小時才會到 Pamplona 潘普洛納的主城。最後這一個小時的路程，卻是最累又最難熬的，腳踝比昨天又更痛一點。感受到自己的步伐逐漸緩慢，要跟上 Sam 哥變得有些吃力。一共走了五個多小時後，中午十一點多終於走到目的地Pamplona。進入城區前是一個古老的堡壘，深刻感受這座城被歷史的痕跡所雕塑。據說約在公元前75年，古羅馬名將龐培就曾在此地建立軍事基地，之後政權輪替一直有所發展。經過舊城牆區後是建築密集的街道，繞過幾個彎走上坡，我們決定住在大教堂改建的庇護所。庇護所十二點才開門，我累得癱坐在路邊等待，**只想讓後背包立刻離開痛得快撕裂的肩膀**。

Pamplona是西班牙奔牛節最盛大的舉辦地，也稱聖菲爾明節。城鎮風格與沿途經過的西班牙小鎮截然不同，房子直立又緊密，

建築外牆刷上不同顏色，有狹窄的石鋪街道，以及幾所華麗的教堂跟歷史遺跡。巧合的是，就像海明威《The Sun Also Rises》的場景，也像海明威他本人的經歷，我竟也是從法國巴黎一路遊歷至西班牙潘普洛納。烈陽下的潘普洛納有紅玫瑰般的嬌豔，霧雨中的巴黎則透著白玫瑰的冷冽。果然，兩座城市都如此令人著迷，不寫出點什麼真枉費身處在這般景物裡。

Pamplona 街上都是酒吧，一個街區就有五到六間林立著，好似一天中任何時刻都有人在路邊喝酒談天。整座 Pamplona 在酒精的

瀰散下，人們慢活享受著周遭的一切。就像《The Sun Also Rises》的書名引自傳道書1:3：「What do people gain from all their labors at which they toil under the sun?（人一切的勞碌，就是他在日光之下的勞碌，有什麼益處呢？）」西班牙城鎮與我所生活的亞洲社會，猶如兩端平行時空，這裡似乎見不到爭逐名利的汲汲營營。或許我們用一輩子所追求的功成名就，都沒有這些人活得快樂。

下午在庇護所洗澡完，將濕淋淋的衣服掛在艷陽下的曬衣繩上，再回到床上休息。三點多自己到鎮上晃晃，順便去街道覓食。看到小紅書上面推薦酒吧裡面的 Pintxo，應是西班牙特色小吃的意思。我去到三間酒吧，點三種不同的 Pintxo。每一種 Pintxo 都意外的美味，我無法形容入口的究竟是什麼食物或食材，它們的西班牙文名稱也無法翻譯成中文。但卻好吃到回國一年後整理這段文字時，我還能記得當時入口的味道和感覺，當時真想把**整個鎮上的** Pintxo 都吃上一遍。

晚上在市區想找一雙新的登山鞋，因為我現在穿的布鞋太軟，沒有足夠的支撐力，再走下去感覺腳踝就要炸開來了。沿途找到好多間鞋店，但價格都過於昂貴，高筒的鞋子幾乎都在一百歐以上，我真的下不了手。逛了許久還是一無所獲的我低聲禱告，希望能有奇蹟出現。不久在地圖上查到附近有一間迪卡儂，剛走進店裡，我立即看上一雙灰色高筒登山鞋，而僅存的三雙之中正好有一雙是我的尺寸。架上的價錢寫著18歐，本以為是它放錯位置了。上官網查詢後，發現竟然是真的這麼便宜，而且曾有臺灣登山客在網路上推薦過。我隨即拿著鞋子去結帳，想著或許上帝

真的聽見我的禱告。

晚上回去遇到另一個高高瘦瘦的韓國大叔，從第一天就一直跟他住在同一個庇護所。他主動走過來找我聊天，說他決定隔天就要搭車去更前面的城市，所以之後在路上可能遇不到了。原來他也一直記得在同一條路上的我，並且想在離開前和我道別，淺淺情誼卻讓人有所觸動。韓國大叔的英文不太流利，有很重的韓式口音，說真的聽不太懂。結果聊到後來他直接用韓文跟我講，會一點點韓文的我竟然馬上就聽懂了，還可以順暢的和他溝通，我們瞬間又親切了不少。不只是韓國大叔，這幾天陸續認識的幾位朝聖者，因為各種原因相繼離開這條道路，有的人是因為腳痛難耐而放棄，有的人是假期較短要回去工作，有的人說他預計花十年慢慢走完。而我期許自己不論遇到什麼困難，都要堅持下去走完全程。

在美麗的 Pamplona 逛了一個晚上，拿著手機隨處拍拍街景，在路邊喝酒的西班牙人還會跟我的鏡頭招手。除了酒吧街道，我也去附近最大的一間教堂蓋印章。大教堂位於城鎮較高的斜坡上，大約能容納幾千名信徒在裡面做彌撒。內部的裝飾莊嚴又輝煌，中間有個像棺木的雕像，好像是紀念當地某任皇族或貴族。九點多回到庇護所準備睡覺，是這幾天以來睡得最好的一個晚上。

詩篇 3:5：「我躺下睡覺，我醒著，耶和華都保佑我。」

第四日，瘋狂大叔｜起趕路，2023/08/04

里程數：28.65km，累積 95.44km

起迄點：Pamplona-Puente la Reina

時間：8 個半小時

住宿：Padres Reparadores Pilgrims Hostel 9€

早上原本預計七點起床，但六點多其他朝聖者都開始整理行李，又跟著被吵醒。離開 Pamplona 市區後，在第一個小鎮休息，吃一份法棍夾火腿起司和檸檬茶。繼續往前走。好似進到像聖經故事一樣的曠野中，肩上沈重的行囊和疼痛的雙腿，就像是魔鬼的試煉，必須有強大的信念才能撐完每天的路程。石子路兩邊是荒蕪的麥田，偶爾能看到一大片向日葵，放眼望去只有零星幾個朝聖者，除此之外什麼也沒有。而地面上大部分都是難走的石子路，真慶幸昨天有買到一雙新的登山鞋。

走過曠野後，我氣喘吁吁的爬上陡峭的寬恕山 Alto de Perdon，山頂的風景視野遼闊，大家都在**朝聖者銅像**前拍照留念。在這裡剛好又遇見西班牙大叔們，和他們幾個人開心的自拍起來。拍完照發現在旁邊一處柱子上竟然綁著青天白日滿地紅的中華民國國旗，來自香港的 Sam 比我還興奮的跟這面國旗合照。我很好奇香港人如何看待臺灣，但政治議題過於敏感，所以一路上都當作玩笑而已，沒有多問。下山的路超級難走，陡峭之外，地上又都是大顆的礫石，感覺都要失去我的膝蓋骨了。

今天的路程走起來特別長，而且途中還跟著那群西班牙大叔、西班牙夫婦、Sam 哥一起多繞了幾公里，為了去看一座**八角形的聖瑪利亞堂**。進去教堂裡默禱後，大家開心地在教堂前大合照。雖然我已經感到疲憊不堪，但和大家一起走真的很開心。大叔們各個都很搞笑，吵吵鬧鬧地玩了一整路。可能是前三天的疲勞持續累積，走到最後我真的累到撐不下去，幾乎跟不上大家的步伐，只靠著意志力強撐著。

下午三點終於到達 Puente la Reina，大家都開心地擊掌。鎮上有復古的石磚街

道和灰色石質房屋，牆壁上還有古老的雕刻。我和 Sam 哥決定去住便宜的維修者之父庇護所，洗完澡晾完衣服後睡了一覺，剛睡醒，旁邊的捷克哥哥打趣的說：「妳可能是太累了，睡到房間裡都是妳的打呼聲。」我害羞地笑著回應他，真希望沒有打擾到其他朝聖者。

晚上六點多出去找晚餐吃，在庇護所門口遇到下午一起走的西班牙夫婦，Maria 和我招招手並遞給我一張名片，上面是女性在朝聖者之路遇到危險的求救電話，她懇切地說希望我能一路平安。在陌生的環境收到如此溫暖的關心，真的格外感動，這份祝福讓我對未來要面對的路途更加安心，期盼著平安走到終點的那刻，能和 Maria 分享這份喜悅。這件事我想起曾經的自己，好像總是太關注於自己所要做的事，而沒有能力去關心身邊的家人朋友們，或注意過旁人的需求和感受。這樣的省思，或許正是這趟旅途的意義吧，我想我會帶這祝福走下去，並漸漸學習去祝福他人。

西班牙人的晚餐時間通常都在八點以後，所以鎮上的餐廳都還沒營業，我只能買超市的餅乾還有千層麵回去庇護所吃。Sam 哥煮的蛋和青菜也分給我，還有義大利家庭請我們吃些薯片。和朝聖者們分享晚餐，坐在餐桌上聊天也是我最喜歡的時光。太陽下山後去收衣服突然變得很冷，快跑回房間後。寫完今天的日記就要睡了，好累，明天加油。

撒母耳記下 22:37：「祢使我腳下的地步寬闊，我的腳未曾滑跌。」

第五日，星星鎮的奔牛，2023/08/05

里程數：21.99km，累積 117.43km

起迄點：Puente la Reina-Estella

時間：6 小時

住宿：Albergue de peregrinos de Estella 8€

氣象預報說今天天氣不會太熱，所以早上七點我才出發，路上一起走的朝聖者特別多，每當遇見彼此，都會說 hola, Buen Camino!，互相加油或聊幾句天，大家都很熱情溫暖。走到下一個小鎮買法棍起司火腿，還有一個味道很微妙的果汁牛奶。正吃早餐的時候又遇到 Maria，她摘下自己的紅色手環，戴在我手上。她說因為今天是她這次 Camino 旅程的最後一天，所以她想將她的平安手環留給我，希望我後面的旅程一切順利。明明和 Maria 認識不到一天，她卻如此擔心我的安危並為我祝福，這絕對

是一份最美好的禮物。

今天沿途幾乎都是鄉村石子路，有一些路段是上下坡，但坡度都不太陡峭，我和 Sam 哥又一起結伴同行。沿途天氣都陰陰的，很是涼爽，但有下一點毛毛雨。幸運的是一路上在前方連續出現三道彩虹，就好像上帝在為我們指路一樣。路上還看到當地人為朝聖者設的臨時補給站，棚子裡提供免費的飲用水和乾糧，我停下來吃了一些餅乾，然後跟棚子鞠躬說聲謝謝才離開。今日預計到達的目的地是 Estella，Estella 是星星的意思，發音唸起來非常好聽。路上遇到一位美國姐姐說 Estella 今天會有特別的節慶，晚上可以看到奔牛，讓我對這個名字很美的城鎮又多了一絲期待。走到倒數第二個鎮子，紐約小哥急切地問我們有沒有預定 Estella 的住宿，因為當地慶典關係，網路上能訂的房間都滿了。一向很隨意地走到哪就住到哪，總是到了目的地才找住宿的我們突然間焦慮起來，最後三公里開始急行軍，怕太晚去找不到住宿，就必須再走到下一個鎮子才有地方落腳。

幸好，在 Estella 問到第二間庇護所就有空房了，而且裡面很新很乾淨，床鋪有個人的隔板，價格也很便宜實惠。一進到 Estella 就見到熱鬧的人群，小孩在河邊玩水嬉戲，滿街的人穿著傳統白色服飾加上紅色領巾。人們聚集在鎮上的酒吧和餐廳，查了才知道這天是他們的守護神節。能在這天剛好走到這裡參加節慶，真是個可遇不可求的機會。在庇護所洗完澡後，我也換上一身全白的衣服想融入當地。下午和 Sam 哥出去鎮上吃些薯條套餐，然後就逛到市政廳參加遊行。我們跟著樂隊和扛大神像的隊伍穿梭在 Estella 的巷弄之中，熱情的氛圍讓不知道節日確切意義的我也跟著大家興奮起來。Estella 的人們都很友善，和我對到眼就會主動打招呼，並邀請我跟他們一起唱歌跳舞。晚上八點半開始奔牛活動，街上架起木柵欄，人們聚集在市區的柵欄後方，小孩們甚至都爬上柵欄，滿臉期盼著奔牛來臨。我坐在奔牛跑道旁的圍牆，當地人說這裡比較危險，可能被牛撞到腳，但冒一點點風險就有更好的遊戲體驗，不用隔著柵欄和人群，直接就能看到奔牛。

鳴槍後，人群開始騷動，路上的年輕男子往前衝刺，一批牛群緊接在後。咻一下，大概十秒內就從眼前閃過，就這樣，奔牛就結束了。沒想到這麼大費周章的擺設，如此眾多的人群簇擁，就只是為了一瞻這幾秒的牛隻奔行。真有種雷聲大雨點小的感覺，跟想像中血流成河的畫面有極大的落差。但是這樣也好，奔牛可能已經逐漸轉變為儀式性的活動，對參與者來說更加安全，也能保護這些牛隻。鎮上舉辦音樂節，街道有露天市集，還有擺放著各種大型設施的戶外遊樂場。晚上九點多，天色漸漸暗了，但 Estella 今夜的歡慶似乎不會停歇。我去超市買些宵夜回去庇護所吃，是一罐牛奶和半顆西瓜。晚上沒有睡得很好，因為外面實在是太熱鬧了，我躺在床上心想，這一切將會是段一生難忘的回憶。

創世記 9:13：「我把虹放在雲彩中，這就可作我與地立約的記號了。」

第六日，衝啊！為了泳池，2023/08/06

里程數：29.06km，累積 146.49km
起迄點：Estella-Torres del río
時間：8 小時
住宿：Casa Mariela Hosrel 14€

早上六點從庇護所出發，在離開 Estella 後，遇到一間特別的鐵匠鋪，環境像是半露天的小工廠，裡面充滿鐵匠手工打造的各種器物和裝飾品，鑄鐵的爐子還燒著熊熊烈火，感覺像是宮崎駿電影中出現的場景。在這裡蓋好印章，買一個鐵製的朝聖貝殼項鍊做紀念。這附近是西班牙盛產紅酒的地區，有著滿山遍野的葡萄園，不久經過一個酒廠，酒廠門口提供免費的公共水龍頭，一邊是水，另一邊是紅酒，我滿心期待地打開紅酒那邊，卻只流幾滴出來，沒喝到紅酒，只能失望地離去。

經過一段上坡到達山頂的小鎮Villamayor de Monjardin，有個雙拱門的中世紀蓄水池，看起來已經荒廢，但建築卻依然乾淨整潔，沒有幾百年古蹟的陳舊感。到鎮上的雜貨店外休息，我買一罐牛奶和三明治想帶在路上吃，因為聽說後面12公里又全是曠野，沒有小鎮和任何樹蔭。現在停下來休息，主要是讓自己做好心理準備，以面對接下來的挑戰。

打著烈日走在曠野路上，有時會想著過去所發生的那些難過的事。我想，如果必須經歷那些痛苦才能走到今天，能夠熬

過來，如今享受這世界的美好，我覺得其實也很值得吧。有時我又會想著未來，回學校後要面對不輕的課業壓力，升研究所也不知道是否順利，會去到哪個國家、哪間學校，就這樣邊想著邊前進，不知不覺就越過曠野了。

中午十二點走到 Los Arcos 是較多人的鄉鎮，這裡的聖瑪利亞教堂很讓人震驚，裡面的石壁上全是黃金裝飾和彩繪，是目前為止看到內裝最華麗的教堂。雖然這裡是官方推薦的休息地，但我跟 Sam 哥約好，還想繼續往前走到下一個小鎮。一方面是要平衡一下明天超長的里程數，一方面是下個小鎮的庇護所據說有個游泳池，在這樣炎熱的天氣之下，游泳池的存在簡直是種救贖。

早上已經走了 21.40 公里，加上現在要多走的 7.66 公里，我的體力真的快到極限，右腳小腿一直有快抽筋的感覺，腳底板也有難以忍受的疼痛，沈重的背包更讓肩膀變得僵硬。我只能想著以前在校隊練球，再累的體能都能活下來，現在走點路又算什麼，

REGULATIONS FOR THE USE OF THE POOL.

以此鼓勵自己繼續前進。

下午三點終於到達 Torres del río，這裡住的庇護所比前幾天好上許多，床鋪不會嘎吱嘎吱地搖晃，是乾淨的木板床。而且房費再加15歐元，可以享用朝聖者晚餐和使用游泳池，這一刻覺得前面多走的路真是值得。泳池挺小巧的，裡面的水很冰涼，和其他朝聖者一起泡水、聊天、曬太陽，真的很舒服，在這裡認識了一個義大利小哥和剃光頭的美國姐姐。

晚餐和其他朝聖者一起在餐廳吃飯，我旁邊坐了一對日本母子，其中小孩和我同樣年紀，我跟他們用簡單的日文和英文聊天，問他們是否知道日本有熊本古道，與這裡齊名稱為雙朝聖之路。若以後有機會，我也很想將熊本古道走完，拿到雙朝聖證書。

看著日本母子的相處，讓我想起自己的母親，好希望有一天也能和她一起踏上這樣的旅程。我晚餐點的是通心粉和牛排，調味非常鹹但味道很不錯，難得有如此豐盛的晚餐。我淺嚐一點點當地的紅酒，可惜身上又開始過敏，所以沒有辦法喝完。身旁的德國大叔一直盯著我杯中剩餘的紅酒看，似乎是想幫我喝掉它。晚上在庇護所睡得很舒服，果然高點住宿價錢能換到好一點睡眠品質。總之今天是個很累很累，但是很幸福的一天。

箴言 17:3 ：「鼎為煉銀，爐為煉金；惟有耶和華熬煉人心。」

第七日，偷吃葡萄不吐葡萄皮，2023/08/07

里程數：19.93km，累積 166.42km

起迄點：Torres del río-Logroño

時間：6 小時

住宿：Santiago el Real Pilgrims Hostel 樂捐

新鞋穿沒幾天就沾滿灰塵，一雙腿真的走到快解體。早上五點多起床，一樣是天還沒亮就出發了。昨天下午多走完兩個鎮，所以今天的行程可以比較輕鬆，不超過 20 公里。早上經過一片林間小路，我決定在森林裡的房車咖啡亭休息，買甜甜的麵包和熱可可當作早餐，還在咖啡亭的留言本上寫下 Taiwan No.1 和簽名。

沿途是一座座小山丘，兩側都是葡萄園。園裡的葡萄唾手可得，我和其他朝聖者一路上都會偷摘來吃。我通常是一顆一顆的摘，但有的朝聖者卻是毫不留情，一串一串的摘，看到都讓我不自覺地感到抱歉。這些葡萄酸酸甜甜的，而且很多汁解渴，讓路途增添一絲樂趣。雖然今天的路程比較短，但快到終點之前，我還是累的跟狗一樣，直接在原地躺平，身體幾乎已經無法動彈。

今日的目的地是大城鎮 Logroño，市中心有一座噴泉，因曾經是紅酒噴泉而著名。我想要住的樂捐教堂還有沒開，所以先在街上遊逛。西班牙的鄉鎮中午似乎都在午休，街上往往什麼都沒有，只好先去附近的速食連鎖漢堡王吃午餐，漢堡、薯條配可樂真是勞累一天最好的犒勞。Logroño 有兩座大教堂，一座聖雅各教堂、一座瑪麗亞教堂，建築風格完全不同，但是外觀都非常雄偉壯麗，裡面的擺設也都是金碧輝煌的，充滿各種雕塑和畫作，我就住在聖雅各教堂提供的庇護所。

這間庇護所是樂捐的，可以用自己想捐的價錢住宿。還享有教堂供應的晚餐和早餐，並且會和教堂的神父、修女跟其他朝聖者一起用餐。排隊洗澡的時候，其中一位修女可能看到我是一個女生，所以帶我到樓上修女用的衛浴洗澡。衛浴是乾濕分離的，有面大鏡子的梳妝台，裡面非常乾淨且比起共用衛浴更安全，真的很感謝修女的善意。

下午再去街上晃晃，買護唇膏拯救我乾裂到流血的嘴唇，然後走到附近小紅書上推薦的酒吧街 Calle del Laurel，我點兩個 Pintxo 一共6.5歐，一個是**培根包雞肉**，一個是**醃魚加醬**，

雖然口味都超級鹹，但都還是美味可口，小份量的 Pintxo 也符合我小鳥胃的食量。晚上七點半回到聖雅各教堂做彌撒，這是我第一次做天主教的彌撒，跟基督教做禮拜的氛圍很不一樣。全程都很莊嚴肅靜，但因為內容全是西班牙文，我完全聽不懂神父在上面說了什麼。彌撒結束前，大家排隊領取聖餐餅乾，竟然是神父一個一個親自餵食。彌撒最後還有特別為朝聖者們祈禱。彌撒平靜的氛圍讓人拋開一天的勞苦，專心在自己的心靈和與上

帝的對話中，是場治癒身心的美好體驗。

教堂晚餐吃的是修女準備的沙拉豆子和通心粉，還有配上紅酒和甜點蛋糕。開飯之前，來自坦尚尼亞的神職人員，帶領著大家唱西班牙詩歌 ultreia ultreia et suseia deus adjuva nos。我發現桌上用來盛裝紅酒的陶器，跟在羅浮宮看到的相似，是義大利早期傳到全歐洲的陶器器型，口緣是雙凹型的，特別的陶容器讓我又犯考古學的職業病。不管自己對紅酒過敏，想著機會難得還是偷嚐一點點。

吃完晚餐我們從庇護所的地下密道走回教堂，密道幽暗，神父拿著手電筒照亮前方，進到平時不開放進入的禱告室。坐在禱告室古老的木椅上，開始四國語言的晚間導告。朝聖者們用西班牙文、義大利文、英文、中文輪流唸手上的禱告詞，並傳達大家心中想講的話。禱告結束後神父幫我們蓋印章，以滿滿的儀式感結束了這一天。

申命記 28:3：「你在城裡必蒙福，在田間也必蒙福。」

五、路途：漫漫人生路。

第八日，來自盧森堡的雞湯，2023/08/08

起迄點：Logroño-Azofra

時間：10個半小時

住宿：Azofra pilgrims Hostel 12€

不知不覺已經走了一個星期，可能漸漸開始習慣這樣的運動量，所以感覺一天比一天輕鬆，可是走久了肩膀還是會僵，膝蓋和腳底還是會痛。前一個星期心裡的不安也已逐漸減退，現在心情已經放鬆不少，能適應這樣的生活節奏。

早餐是聖雅各教堂供應的，我吃了一小塊蛋糕和熱可可，六點準時出發。今天早上特別冷，氣溫只有11度，所以我穿著兩件褲子，兩件衣服，加上羽絨衣才離開庇護所，這已經是我背包裡所有的衣服了。西班牙即使是夏天還是有極大的溫差，所以我認為輕便羽絨衣是極為重要的必帶行李之一。走半小時等身體熱起來之後，我才將羽絨衣放回包包中。

離開 Logroño 走到一個很像生態公園的地方，有大片的湖泊和樹林，草地上還看見很多野兔在跑跳，在途中停下來看到絕美的日出。前面12公里，我幾乎沒有休息，直接走到中間的小城鎮 Navarrete，又喝到好喝的熱巧克力牛奶。這一星期朝聖之路讓我感到最不可思議的是，再小的城鎮都有一個超大的古老教堂。每座教堂都是大石頭建成的，外觀有無比華麗的浮雕，內部有全是黃金色的前殿擺飾。總好奇中世紀歐洲人到底怎麼辦到的，需要花費多少時日和金錢才能在各地建出雄偉的教堂，真難以想像宗教力量的強大。

在路上遇到兩個盧森堡大叔 Mac 和 Tom，兩個人都很幽默，他們說盧森堡很小，路上除了銀行還是銀行，什麼都沒有只有錢最多。他們倆是一對兄弟，Mac 瘦高精壯，

據說是馬拉松選手，所以每天都用跑的，一路跑到目的地。和 Mac 打聲招呼後他就先往前跑了，只剩我和胖胖的 Tom 大叔聊了一路，內容主要是關於這趟旅程，包括我

們的想法和一些過去發生的事，為什麼讓我們來到這裡。

Tom 總是說 I really appreciate you, young lady，一路上都在給我煲心靈雞湯，不斷地鼓勵我，說像我這樣願意自己走出來的年輕人已經不多了，這是很不容易的一件事。他說這世界很大，出來走走是對的，年輕的時候他也很喜歡遊歷世界。我和他說其實出國在與外國人交流的時候，我總擔心自己英文不夠好，無法傳達自己的想法或接受他人的回饋。而 Tom 馬上眼神堅定的回答我，妳英文非常好，不要害

怕，妳做得很好了。很感謝 Tom 大叔讓我再次拾回對自己的信心，我們沿途都聊得很開心。

因為顧著聊天，沒有隨時看著導航，我們不小心多繞到一個小鎮，剛好停在那裡的酒吧點杯飲料休息。有一隻親人的驢子被拴在一旁，我走過去摸摸牠，驢子和馬的觸感不同，感覺面部的毛更柔軟，摸起來也更舒服。休息的差不多了我就和 Tom 大叔道別，然後繼續向前走。目前感覺還不太累，所以決定再往前走一個鎮。走16公里後，到 Najera 的酒吧吃三明治和

可樂，然後又跟 Sam 哥一起走到5.75公里遠的 Azofra。每天最後的路程都靠著意志力，總覺得腳快走到斷掉，一旦停下來就完全動彈不得。

離開官方推薦的歇息地 Najera，而住在 Azofra，整個小鎮只有一間酒吧和一間雜貨店，感覺這裡人煙罕至，幸好還有認識的 Sam 哥一起來。超大間的庇護所裡好像只有四、五個人，環境很舒服，跟一般上下鋪的庇護所不同。這裡住的是兩人一間的小隔間，還有附每人一個置物櫃，感覺終於能踏實睡個好覺。晚餐在雜貨店隨便買些泡麵回來煮，西班牙的泡麵裡沒有加料，麵也沒什麼味道，但湯頭味道還挺好喝的。Sam 哥分給我一些他煮的菜和雞蛋，吃飽後在房間整理行李，並決定明天的目的地。現在寫完雜記後要上床睡覺了，希望今晚雙腳能恢復到最好的狀態。

馬太福音 11:28：「凡勞苦擔重擔的人，可以到我這裡來，我就使你們得安息。」

第九日，最喜歡住教堂啦，2023/08/09

里程數：22.02km，累積 222.46km

起迄點：Azofra-Grañón

時間：7 個半小時

住宿：San Juan Bautista Pilgrims Hostel 樂捐

一早球隊群組傳來隊友意外離世的消息。因為大一新生盃一場球賽，讓我們認識彼此三年多，這三年來一起練球，去臺南和臺北逛夜市，腦袋裡不斷浮現種種回憶。我們同年同月只差兩天生，但今年卻已等不到一起過22歲生日。人生漫漫，還這麼年輕怎麼會說走就走了呢？免不了悲傷的思緒，但是走在朝聖之路上，心裡似乎還能保有一絲平靜。

早上六點多起床，在自己的隔間睡得太舒服，所以賴一下床。起床後吃根香蕉和牛奶，七點左右才出發。或許是昨晚睡得很好，早上9公里左右的路途幾乎不會累，甚至走得特別快。到了一個感覺貧富差距懸殊的荒涼小鎮，別墅區中每棟宅院幾乎都有泳池，旁還有座高爾夫球場，而平民區卻老舊簡陋。我繞到鎮上的酒吧吃早餐，是鮪魚吐司加熱可可牛奶，每天的早午餐不外乎都是麵包、三明治和熱可可，真不知道哪天會吃膩。

我發現這幾天路上很多熟面孔都陸續離開了，大部分人沒有這麼長時間的假期，所以會分段走好幾年。今天在路上看到很多新面孔，可能是從中間城鎮開始走，或是前後幾天出發的人。能認識來自世界各地的人真的很有趣，讓我很意外的是他們幾乎都知道臺灣，甚至會說對臺灣對抗新冠肺炎的新聞印象深刻。

今日走到的第二個鎮是Santo Domingo de la Calzada，大教堂裡像座博物館，有很多中世紀的文物和雕刻，和其他教堂不同的是，通往地下的通道放著聖經中的約櫃模型，通道兩旁的繪畫很像是中世紀的畫風。更有特色的是教堂二樓隔層養了兩隻雞，據說是為了紀念有信徒將燉雞復活的神蹟。參觀完大教堂，我登上旁邊的巴洛克式鐘塔，在頂端俯瞰整座 Santo Domingo 城，橘紅色的屋頂與淺褐色的石質建築，遙想著在中世紀人們眼裡，是否也會是這幅景色。

下午一點左右離開這座城鎮，前往今天的落腳處 Grañón。相對來說 Grañón 是個小鎮，大約只有二十戶人，但這裡有樂捐的教堂住宿，也附有晚餐和隔天的早餐。我很喜歡住在教堂裡的氛圍，能夠和其他朝聖者們有更多相處的機會。Grañón 的教堂建於14世紀末，裡面一切設施就像停留了七百年，老舊的木樓梯、有壁爐的餐廳，以及木製的閣樓。

下午抵達這裡的朝聖者們在閣樓裡聊天休息，幾個自願者一起煮三十幾人份的晚餐，氣氛很溫馨。晚上大家一起去做彌撒，結束後朝聖者們聚集在廣場唱歌、彈吉他，有個法國大叔知道我是臺灣人，竟自彈自唱起中文歌〈對面的女孩看過來〉，把大家都逗樂了。晚餐由幾位自願幫忙的朝聖者們煮好後，我們一起在食堂吃飯，食物擺滿兩個長桌，非常豐盛。其中主餐的義大利麵，是由一位十二歲的義大利小男孩為大家所煮的，雖然味道較淡，但這份主餐卻是格外特別，讓人感到溫馨的一份餐點。

晚飯結束後所有人一起收拾，主動分

工洗碗、擦碗、整理環境。睡覺前我們回到教堂裡晚間祈禱，在關上燈的古老教堂裡，大家傳遞著朝聖者蠟燭，分享自己的心情，用不同語言一起禱告，然後相互擁抱，這樣的氛圍讓我不自覺潸然淚下。禱告時，我祈求上帝醫治我過去受傷的心靈，不要再被憂鬱症所困，而能夠拾回快樂和自信。感謝上帝給予的這一切，求主保守我後面的路途平安順利，奉耶穌基督的聖名禱告，阿們。

詩篇 34:18「耶和華靠近傷心的人，拯救靈性痛悔的人。」

第十日，最熱的一天，2023/08/10

里程數：15.83km，累積 238.29km

起迄點：Grañón-Belorado

時間：5 小時

住宿：Cuatro Cantones Hostel-Restaurant 15€

今天看天氣預報有高溫預警，下午四點會接近至攝氏40度，所以我決定走短一點路程，先訂好一間有泳池的庇護所。早上六點多起床，吃完果醬吐司之後出發，一路上仍是大片的田野，經過四個小鎮都空蕩蕩的，不知為何商店和教堂都沒開門，除了貓、狗和路過的朝聖者，幾乎看不到當地居民，讓我真的很好奇當地西班牙鄉村的生活與生業模式。

Everyone has their own reasons. 某個口音像法國人的姐姐，在我們路過彼此，簡短的談話中丟下了這句話。很多人來走朝聖之路，似乎都是帶著他們的願望和祈禱。What is your motivation? 也是朝聖者之間聊天最常聽到的問題之一。一路上聽過各式各樣的答案，有的人是因為宗教信仰，有的人是剛分手想轉換心情，有的人辭職來這裡尋找人生意義，有的人則是為生病或去世的家人祈福。我想我是為了沉澱自己，重新思考過去和未來而來的。

輕鬆走到今天的目的地後，找間酒吧吃午餐，吃的是兩個沒吃過的 Pintxo 和一杯可樂，目前為止吃到的各種 Pintxo 真的都很好吃。下午一點到庇護所 check in，這間庇護所的名字是：四個廣東人，感覺真的是廣東人所開的。在這裡又遇到好多之前路上認識的朋友們，Sam 哥、愛爾蘭姐姐、多明尼加大叔、日本母子、紐約小哥都住在這裡。

後院的草坪和泳池在熾熱的夏天，簡直是個人間天堂，大家下午都在後院游泳或在樹蔭下乘涼，接近40度的天氣真的會把人烤熟。我也在泳池裡泡水，游一下泳，然後就上岸出門遊逛小鎮。Belorado 鎮上有許多塗鴉，大多畫著朝聖者的肖象和朝聖之

路的意境圖。下午市區依然沒什麼人，走到一座山坡下的教堂前，教堂的門還沒開，沒辦法進去蓋印章，只能在外面拍張照就離去。晚點去超市買晚餐，今天買的是微波千層麵和蛤蜊罐頭，蛤蜊罐頭有很重的海腥味，但這是我喜歡的味道。晚點外面竟然下起暴雨，沒辦法出門或去後院，所以我就回上下舖休息了。

箴言 16:9：「人心籌算自己的道路；惟耶和華指引他的腳步。」

第十一日，史前遺址，2023/08/11

里程數：30.04km，累積 268.33km

起迄點：Belorado-Atapuerca

時間：10 小時。

住宿：La Plazuela Verde 15€

今天要去的目的地 Atapuerca 有著名的考古遺址，是我旅程中最期待的一站，原本按照官方路線只會路過這裡，但我又多走兩個鎮，就只為能在 Atapuerca 住一晚。早上五點半左右出發，天還很暗。周圍環境太鄉村，所以沒有路燈，也沒有光害，抬頭就是滿天星斗，但我永遠只認得出獵戶座的三顆星腰帶。

早上路過酒吧又喝一杯熱可可牛奶，這已經變成朝聖之路上每天喚醒自己的必需品。很快地經過四個小鎮後，又要翻過一座山，一共12公里的山路。上坡的碎石路很長，但走起來似乎沒有之前痛苦，還能邊走邊唱歌，唱得自己超級喘但很是歡樂。中間有一段路途進入森林，幾千隻蚊子不斷撲面而來，甚至眼睛都快睜不開，簡直是一場大災難。我用脖巾摀著口鼻走，還好完全沒有被蚊子群叮咬，只是耳邊一直在嗡嗡作響而已。

山中偶爾會見到有人在擺攤，通常都是賣一些飲料、水果和關於朝聖之路的藝術品、裝飾物，這些小攤也會有印章可以

蓋，所以我都會停下來蓋印章，順便當作休息。剛下山發現大家都坐在山腳的酒吧休息，差不多中午肚子開始餓了，我在酒吧點一盤披薩和一杯可樂來吃。離開之前，和這幾天常遇見的朝聖者們拍了一張合照。

Atapuerca 是歐洲最早的人類化石出土地，在山脈洞穴出土130萬年前未定種人類，85萬年前的前人，50萬年前海德堡人，5萬年前尼安德塔人和智人，還有各個時期的動物骨骼、壁畫和遺物，是世界遺產級的大型考古遺址，來到這裡真的有種難以形容的興奮感。接近 Atapuerca 的路上，我又像職業病一般低頭盯著地上，妄想能撿個石器或牙齒回去。

到了庇護所後，我問老闆關於參觀考古遺址的事，老闆馬上打電話去幫我預約，我剛好是最後一個名額，很幸運在今天下午就能直接去遺址參觀。大約五點左右坐巴士到當地的小博物館，有一些互動式的考古展示。七點再出發去 Atapuerca 考古遺址，

一團大概三十幾人，解說員是一個在這裡發掘研究的考古學博士姐姐。

解說內容都是西班牙文，博士姐姐似乎是知道我聽不懂，總是會靠過來我身旁，對我用英文再簡短地說明一次。Atapuerca 遺址在山壁上的洞穴裡，跟過去在臺灣看過的發掘很不同。博士姐姐的解說很生動，她拿出人骨模型、石器和一些圖示跟大家互動。她提問尼安德塔人和智人的頭骨有什麼差別，我用手比劃下頷骨，她看著我，開心地說「答對了！」博士姐姐詢問我的名字，然後用西班牙文說 Denle un aplauso a Vivian，請大家為我鼓掌。

晚上回到住的城鎮只剩一間餐廳還開著，所以沒有選擇，只能和中午一樣點披薩來吃。我想起中午吃披薩時，義大利人一旁逗趣地說這根本不是真正的披薩，且他們是絕對不會吃這裡的披薩，因為太污辱義大利人的佳餚了。我想就像在中國看到臺灣滷肉飯一樣，不正統得讓人生氣。除了主餐披薩之外，我還買了一直很想嚐嚐的醃辣椒串和黑香腸。餐點有讓人饞涎欲滴的香氣，讓肚子餓的我吃得倍感幸福。

回到住宿處後有隻大狗躺在門前，大狗的主人在一旁搭起帳篷。朝聖之路上偶爾會有帶狗或騎馬的朝聖者，但不一定每個住宿都能讓動物入住，因此主人可能會在外野營。有的住宿會特別標示可攜帶馬匹，如果有機會，我也好想要騎馬走朝聖之路，肯定會是非常不同的體驗。期待明天要去的 Burgos 人類進化博物館，晚安。

詩篇 37:4 ：「又要以耶和華為樂，祂就將你心裡所求的賜給你。」

第十二日，十字架，2023/08/12

里程數：19.82km，累積 288.15km

起迄點：Atapuerca-Burgos

時間：7 個半小時

住宿：Emaús Pilgrims Hostel Parroquia San José Obrero 10€

早上六點半出發，一開始又是四公里多的山路。剛好在日出之際走上山頂，看見傳說中的**大十字架**，我跪在十字架下方，突然想起小時候很喜歡的寧靜禱文：God grant me the serenity to accept the things I cannot change, courage to change

the things I can, and the wisdom to know the difference. 神啊，求祢賜給我平靜的心，去接受我無法改變的事；賜給我勇氣，去做我能改變的事，並賜給我智慧去分辨這兩者的不同。我也再次這樣祈禱著。

中午左右進到 Burgos 城鎮裡，走了好幾天的鄉村曠野，終於來到一個擁有麥當勞的大城鎮，能吃到麥當勞的快樂兒童餐真的超級快樂，**漢堡配小薯**、**蘋果汁**、**冰旋風**，只要4.21歐，還有附足球玩具、兩包番茄醬，對於歐洲的高物價來說真是

太划算了。下午四點半，人類進化博物館剛開門，我就進去參觀。真的看到 Atapuerca 遺址出土的歐洲最早人類骨頭，除此之外還有其他時期的人骨、動物骨骼跟人工遺物。但是逛到後面我真的超想睡，因為昨晚沒睡好，走了半天的路也沒有午休，頭腦幾乎要斷電。

看完博物館後，想走去市區透透氣。Burgos 有世界最美之稱的大教堂，看到大教堂的那刻真的差點跪下，華麗到不知道從何形容。走去教堂的街景也很美，到處都是雕像和石橋，整座城市就像一個大型莊園。去完教堂後我逛到小吃街，找間酒吧又點一份沒吃過的鮭魚 pintxo，結果超級好吃，味道是目前為止的第一名。

八點要趕回庇護所吃晚餐，差點來不及所以我用跑的回去。今天的庇護所住了之前就認識的 Sam 哥、義大利一家人和巴西大叔。晚餐吃修女煮的沙拉和豆子餐，看起來很家常，而且賣相沒有特別好，但其實還蠻好吃的。我懷著感恩的心，謝謝修女為我們準備晚餐。大家在餐桌上聊的很熱烈，吃完飯我和三個義大利年輕人一直聊到半夜十一點，分享自己的國家、文化和以前去旅行的故事。明天還沒訂好目的地，希望一切順利，晚安。

詩篇 143:8：「……，求祢使我知道當行的路，因我的心仰望祢。」

第十三日，住在荒漠裡，2023/08/13

里程數：：26.57km，累積 314.72km
起迄點：：Burgos-Arroyo San Bol
時間：：8 小時
住宿：：Arroyo San Bol Pilgrims Hostel municipal de 10€

剛洗好澡躺在床上，正在寫今天這篇雜記的我，真的累到生無可戀。早上六點教堂播放溫柔聖歌 morning call，起床和大家一起吃早餐，是這裡最常見的乾麵包配奶油和果醬。離開 Burgos 要走快 11 公里的鄉間小路，才能到下一個小鎮休息，還好是早上體力最充足的時候，走到 Tardajos 已經九點半了，我停下來吃一個蘋果軟派和熱巧克力牛奶，遇到一對從阿姆斯特丹來的香港夫婦，和他們用中文聊聊天，在國外真的感覺格外親切。

Santiago de Compostela
Leon
Rabé de las Calzadas
Burgos
Saint-Jean-Pied-de-Port
476 KMS. A SANTIAGO

走到第二個鎮有個隱修院聖母教堂，整座教堂很小，外觀也很簡約，裡面有很多幅油畫。有個修女奶奶會幫朝聖者蓋印章，她按著我的額頭用西班牙文祈禱，還送給我一個聖母護身符，我將它掛在背包後面，接受祝福的感覺真的很好。後面13公里幾乎都是曠野路，在乾燥炎熱的天氣下曝曬，一點風和樹蔭都沒有。想起盧森堡大叔 Tom 曾說 Camino is like the road of life, it might be tough sometimes, but all you have to do is keep going.，朝聖之路就像是人生路，有時可能會很艱苦，但妳要做的

就是持續地往前走。走到真的很疲累時，靠著心裡擠出的一點點意志撐著往前走。下午三點半終於走到目的地 Arroyo San Bol。

聽巴西大叔推薦，我決定住進 Arroyo San Bol 的庇護所。這地方周圍一片荒野，方圓百里只有這棟建築。但這裡的環境很不錯，而且沒什麼人，今晚只有我和其他四位朝聖者。沒想到的是，這裡完全沒有網路，也收不到訊號，真正體驗了一次「與世隔絕」。

庇護所中接待我們的是一對古巴夫婦，晚餐是古巴阿姨煮的**西班牙雞肉燉飯**、**蔬菜燉飯**、沙拉、麵包、甜點和紅酒。因為今天太餓又太累了，大盤燉飯擺在眼前讓人垂涎三尺，而且過去幾個禮拜只能吃麵包、豆子、馬鈴薯，今天能夠吃到這麼好吃的燉飯，真的讓我偷偷含著淚的感動，一口氣吃完整整三盤。

晚餐坐我旁邊的是一個義大利大哥，他說自己總在想為什麼 Camino 這麼累，但朝聖者們都還是這麼快樂？我們五人紛紛討論後，義大利大哥又說他覺得是因為「不斷朝目標前進」是一件振奮人心的事。每天路上都能遇見不同的人和不一樣的風景，不確定會走到哪裡或住在哪裡，雖然都朝著終點前進，卻是個充滿未知的旅程，處處皆是溫暖和驚喜。

庇護所外面有個小小的冷水池，水溫超級冰涼，腳放進去一分鐘就失去知覺。有幾個當地年輕人在水池附近嬉戲，似乎遊戲輸的人就會被丟進池裡。我突然想起大學課堂中提過，旅行的人可能帶有凝視的眼光，而這種凝視通常具有位階。當我看著當地人的生活，或許就存在著不對等的位階關係，那種「被觀看」，「被打量」的感受一定並不是太好。所以我自己一人在水池旁泡腳，目光儘量不往那些年輕人玩耍的地方看。大太陽下浸泡冰水很舒服，好希望泡完腳明天就能不再痠痛。

晚上我睡在屋頂，有個小小的木質閣樓，閣樓很矮沒辦法站直，覺得自己好像睡在童話故事的場景裡，就像是灰姑娘或某個小精靈一樣。閣樓前方還有一扇小木窗，推開能看到外面的茫茫曠野，曠野上沒有任何光害，晚上往外望去，星空真是無與倫比地美麗。我想我會永遠記得這個住在荒漠閣樓裡最特別的夜晚。

哥林多前書 2:9：「如經上所記，『神為愛他的人所預備的，是眼睛未曾看見，耳朵未曾聽見，人心也未曾想到的』。」

第十四日、進攻城堡、2023/08/14

里程數：25.96km、累積 340.68km

起迄點：Arroyo San Bol-Itero de la Vega

時間：8 小時

住宿：La Mochila Hostel 17€

昨晚曠野像是在刮颱風一樣，窗外風吹進來非常寒冷。早上因為太冷導致早上起床很困難，我在被窩裡多睡半小時，想等天快亮再離開。因為昨天住的地方沒有訊號，使我到達庇護所後，無法向父母報平安，失聯一整個晚上讓我爸媽擔心不已。走到十幾公里外有訊號的地方後，看到二十幾通未接來電，馬上回電到臺灣讓他們知道我還活著。結果被爸媽說了一頓，媽媽說她都想好要準備來西班牙領人了，幸好我平安無事。

走到下個小鎮 Hontanas 吃早餐，遇到好多認識的人。Hontanas 的景色很特別，復古的小鎮建築圍繞著高聳的教堂鐘塔，家家戶戶門前都有裝飾並種著花。離開 Hontanas 要走9公里左右才到 Castrojeriz，還好今天有點涼風，走起來很舒服。中間經過一個超特別的救濟院廢墟，現在改建成庇護所，提供樂捐的咖啡、餅乾、牛奶和手工藝品。我投些錢喝了兩杯牛奶，拿一個畫著火的愛心香包。

遠遠地看到 Castrojeriz 就像一幅中

世紀油畫，山頂有一座9世紀建的羅馬城堡，鎮子和教堂則座落在山腳下，我想像自己是騎著馬要進城的士兵。在鎮上的酒吧休息，跟幾個朝聖者喝可樂、聊天。休息完我去參觀教堂，然後決定爬上山頂去那座廢棄的羅馬城堡，想看看過去一千年，人們看見的風景。上面視野很好，能縱觀整個河谷，城堡只剩石頭建築殘跡，裡面空蕩蕩的沒有擺設，也沒什麼人來。爬上山的路很陡峭，感覺千年如一日很少人走，所以雜草叢生。我又開始職業病地低頭找寶物，想說城堡附近可能會撿到箭鏃或矛吧，結果只找到滿手不知道年代的陶瓷器。

從城堡下來逛完 Castrojeriz 大約下午兩點，其實感覺還不太累，所以決定再走到10公里外的小鎮 Itero de la Vega 休息。越過一座山，走過一片田野，下午五點終於到了。鎮上家家戶戶都大門緊閉，聽庇護所的老闆說，才知道因為今天是安息日。老闆特地去開雜貨店的門讓我買微波晚餐，是好吃的燉飯和一罐牛奶。今天的庇護所相對高級，雖然比較貴但有私人房間，還有浴缸可以泡澡！明天預計走32公里，不知道走不走得到，加油。

詩篇 121:8：「你出你入，耶和華要保護你，從今時直到永遠。」

六、歇息：路遙沒馬力。

第十五日，累得像狗，2023/08/15

里程數：32.49km，累積 373.17km

起迄點：Itero de la Vega-Carrión de los Condes

時間：11 小時

住宿：Santa Maria del Camino parish Hostel 9€

早上六點出發天還是黑的，要走一段8公里的曠野樹林路，一樣完全沒有房子沒有路燈超級可怕。我總想起小時候的惡夢，有個半人馬會從樹林跑出來把我吃了，感覺西班牙鄉村很有可能出現這種生物。走到第一個小鎮吃早餐，老闆用西班牙文問我是不是臺灣人，這讓我很吃驚，因為大部分都猜我是韓國或日本人，老闆是第一個直接猜對的。早餐又是幸福的熱可可牛奶，配乾麵包抹奶油和桃子醬。

後面的路要沿著一條古運河 Canal de Castilla 走，據說運河建於 18 世紀歐洲啟蒙運動時代，是當時重要的民用基礎建設，現在竟然仍保留得如此完整。運河河道不寬但河水挺深的，把整根登山杖放下去還摸不到底。河岸兩邊種著水生植物而不是人造河岸，隨風搖動的水草與河水相映份外美麗，好想在上面划船，一直划到下一個小鎮。

下一個鎮子 Frómista 有重要古蹟聖馬丁堂，是 11 世紀中葉在納瓦拉王國時期建的羅馬式建築，建築外觀是特別的圓柱形，但內裝較其他教堂簡樸。附近居民家門前有一個紀念當地發生神蹟的聖跡石。故事是之前當地有個人做壞事被開除教籍，要吃聖餐時，聖餐黏在盤子上怎麼拿也拿不了，他當場向神認罪後才吃到聖餐。看完 Frómista 的羅馬式教堂和聖跡石，我又踏上路途。

在沒有樹蔭的路上走了好久，中間經過一間庇護所，走進院子裡的酒吧休息吃午餐，吃到一個很像鮪魚蛋餅的餐點，配上桃子果汁。院子裡有兩隻**大白鵝**，走起路來

搖搖晃晃，牠們都不怕人，反而會主動靠近，結果我的手伸過去摸牠時，被鵝啄了一下。吃完美味的午餐，玩完大鵝又繼續上路。

走到 Villalcázar de Sirga 已經 26.87 公里了，感覺腳底超級疼痛，肩膀也很不舒服，快掛在路上了。在一棟教堂前面，我直接**原地躺下**。之前在庇護所認識的義大利大叔們剛好也在這裡休息，看到我倒在地上大家都笑了出來。原本只想停留在此，不再往前走，可是一想到昨天訂的目標還沒達成，心裡就有些難受。下午三

點半左右，我躺在公園的遊樂器材上休息，等身體狀況好點，決定繼續出發。要走到五公里外的下一個鎮 Carrión de los Condes。走在路上時，我不禁反思自己——這就像人生的旅程，我似乎總是義無反顧地往前衝，庸庸碌碌的，甚至把自己身心都搞壞了。為什麼連走朝聖之路也是，每天都要讓自己累得像狗一樣，瘋狂地趕路，應該要記得慢下來好好享受吧。

走到鎮上已經下午五點，一共走11小時，里程數達到32公里。深刻體會到何為筋疲力盡，但是心中還是很有成就感。今

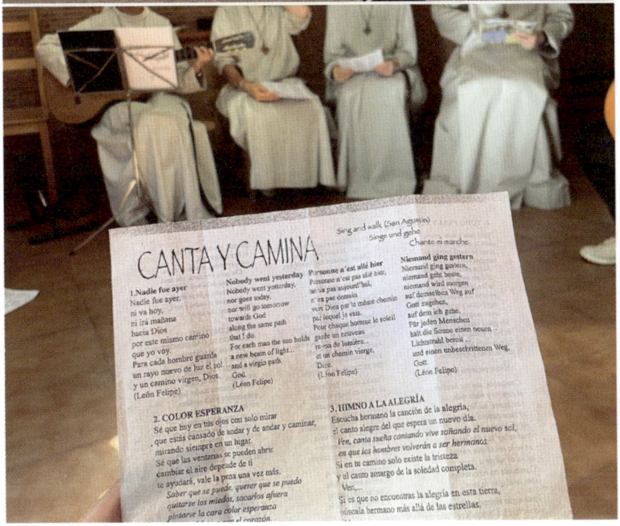
Sing and walk (San Agustin)
Singe und gehe
Chante et marche
CANTA Y CAMINA
1.Nadie fue ayer
Nadie fue ayer,
ni va hoy,
ni irá mañana
hacia Dios
por este mismo camino
que yo voy.
Para cada hombre guarda
un rayo nuevo de luz el sol...
y un camino virgen, Dios.
(León Felipe)
Nobody went yesterday
Nobody went yesterday,
nor goes today,
nor will go tomorrow
towards God
along the same path
that I do.
For each man the sun holds
a new beam of light...
and a virgin path.
God.
(Léon Felipe)
Personne n´est allé hier
Pour chaque homme le soleil
et un chemin vierge,
(Léon Felipe)
Niemand ging gestern
Niemand ging gestern,
niemand geht heute,
niemand wird morgen
auf demselben Weg auf
Gott zugehen,
auf dem ich gehe.
Für jeden Menschen
hält die Sonne einen neuen
Lichtstrahl bereit ...
und einen unbeschrittenen Weg.
Gott.
(Léon Felipe)
2. COLOR ESPERANZA
Sé que hay en tus ojos con solo mirar
que estás cansado de andar y de andar y caminar,
mirando siempre en un lugar.
Sé que las ventanas se pueden abrir
cambiar el aire depende de ti
te ayudará, vale la pena una vez más.
Saber que se puede, querer que se pueda
quitarse los miedos, sacarlos afuera
pintarse la cara color esperanza
3. HIMNO A LA ALEGRÍA
Escucha hermano la canción de la alegría,
el canto alegre del que espera un nuevo día.
Ven, canta sueña cantando vive soñando el nuevo sol,
en que los hombres volverán a ser hermanos
Si en tu camino solo existe la tristeza
y el canto amargo de la soledad completa.
Ven,...
Si es que no encuentras la alegría en esta tierra,
búscala hermano más allá de las estrellas.

晚住在有漂亮的修女姐姐接待的教堂，能參加禱告會、唱詩歌和彌撒等活動。跟著大家一起唱詩歌很有趣，但是身為西班牙文文盲，我大部分時候都很困惑，很想知道他們在唱什麼內容。卻只能自己跟著旋律哼唱。

彌撒一樣全是西班牙文，神父請所有朝聖者到前殿接受祝福。修女送給每個朝聖者一張星星紙片作為小禮物，又是個讓人感到溫暖的夜晚。做完彌撒才吃晚餐，我早已是飢腸轆轆。在街上遊逛幾圈後，決定吃好一點的盤餐。8歐元能吃到沙拉、薯條和肉，而且份量很大，味道也蠻好吃的，以歐洲物價來說已經算是便宜。吃完飯回到庇護所，因為身體太過勞累，躺回床上後很快就睡著了。

詩篇 46:10：「你們要休息，要知道我是 神！」

第十六日，蜜蜂走開啦，2023/08/16

里程數：17.06km，累積 390.23km
起迄點：Carrión de los Condes-Calzadilla de la Cueza
時間：11 小時
住宿：Camino Real Pilgrims Hostel 13€

今天的路程比較特別，整條路 17 公里都沒有樹蔭和城鎮，中間只有個 Food truck 可以補給休息。早餐在出發地吃個可頌和熱巧克力牛奶，到 Food truck 又再喝了一杯柳橙汁和一杯熱巧克力牛奶。太陽漸漸升起，還好早上走都不太熱。昨天在超市買的扁桃子剛好可以在路上吃。這是來西班牙後一直很想嘗試的食物，因為每間店內幾乎都買得到，似乎是當地夏季最常見的水果。扁桃吃起來就跟水蜜桃一樣，鮮甜多汁，真後悔沒有早點嘗試。

走到後段開始被蜜蜂追殺，一路跟著我在耳邊嗡嗡叫，一聽到聲音我就一路狂奔，但背著背包跑起來很累，而且跑得膝蓋好痛。十二點左右走完17公里到Calzadilla de la Cueza，小鎮有個紅屋頂建築，遠遠地看很像視力檢查儀器裡的畫面。鎮上有間庇護所環境很好，有庭院和游泳池，所以決定今天就住在這裡，下午留在庇護所好好休息。check in的時候，突然發現我的朝聖者護照不見了，沒意外的話應該是掉在途中的Food truck。我開始感到一陣焦急，想著是不是要再原途返

回十幾公里，回去 Food truck 那裡拿回護照。

庇護所的老闆了解我的問題後，立馬幫我打電話詢問 Food truck，結果 food truck 老闆說他已經幫我拿給下一個去休息的朝聖者，那位朝聖者會順途幫我送來小鎮。掛完電話後，庇護所老闆走去門外望望，結果真的有個朝聖者拿著我的護照走來。從發現朝聖護照不見，到有人幫我送來，大概只有五分鐘的時間。我連哭都來不及，馬上就找回來了。真的很感謝朝聖之路上每一位善良的朋友。

洗完澡睡個午覺，然後到泳池泡水，在庭院的草地上曬太陽，身體冰涼照著陽光格外舒服。附近只有一間餐廳，午餐很貴要15歐但也沒得選，至少還蠻好吃的。前菜是番茄燴飯加荷包蛋，主餐點份烤兔子和薯條。之前我在中國只吃過兔頭，所以這算是我第一次吃兔子肉，口感很像雞肉但味道不太一樣，有種說不出的野味，調味過後是好吃的，但我想若只有野兔肉本身，味道可能就不會太理想。吃完飯後，回庇護所躺在床上邊按摩，邊寫雜記，等等吃點零食當晚餐就準備睡了，希望今天好好休息完，明天就都不痠痛了。

詩篇 121:2：「我的幫助從造天地的耶和華而來。」

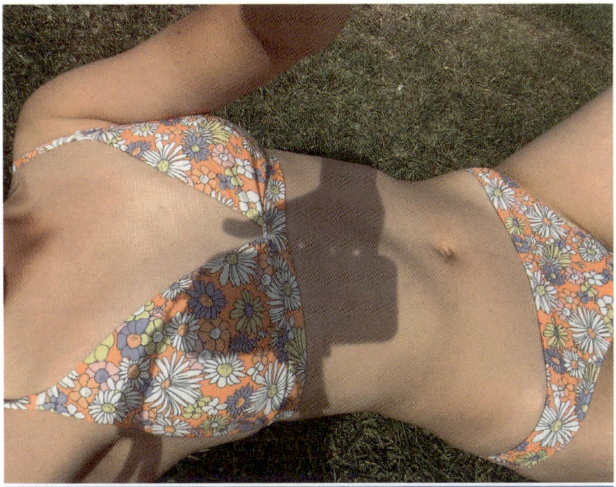

第十七日、一半、2023/08/17

里程數：21.33km、累積 411.56km

起迄點：Calzadilla de la Cueza-Sahaguún

時間：7 小時

住宿：Santa Cruz Pilgrims Hostel 7€

這幾天太多曠野路，放眼望去，總是一片無邊無際收割的麥田，或盛開的向日葵田，相同的景物有點讓人審美疲乏。再加上路上一點樹蔭都沒有，陽光直直曝曬於體膚之上，我身上直接曬到脫一層皮下來，裸露在外的手腳都黑上不少。好懷念之前滿山遍野的葡萄園，較為涼爽，還可以摘葡萄邊走邊吃。

今天走到 Sahaguún 是法國之路的中間點，走兩個星期終於突破四百公里，也就

N-120
SAHAGÚN
LEÓN
POBLACION
DE ARROYO
FRECHILLA

是一半的路程。看著朝聖者護照的印章一天天增加，甚至快蓋完一整本，令人滿富成就感。去聖母教堂領取一張中點證書，證書上是看不懂的西班牙文，但這仍是個莫大的鼓勵，告訴自己再累都要繼續前進。Sahagún 相對來說是個大一點的城鎮，有火車站和繁榮的商店區。午餐在連鎖超市買一大罐牛奶和雞肉來微波，這樣買既能吃得飽，且比起吃餐廳便宜許多。

今天住的庇護所是難得的女生四人房，每個房間都有附私人衛浴，我悠哉地洗著舒服的熱水澡。洗完後躺回床上休息，目前只有一個室友入住，所以房間裡很安靜。想等傍晚天氣涼爽一點再出門。不久聽到一陣敲門聲，打開房門的是一個亞洲面孔的阿姨，很熱情地和我打招呼。隨口聊了幾句，沒想到她竟也是獨自踏上朝聖之路的臺灣人。她叫 Juno，是我旅途中遇見的第一位臺灣同胞。Juno 住在鶯歌，是一位國小老師。我們興奮地聊著天，沒想到平常在臺灣她都去登山、跑超級馬拉松，在朝聖之路上竟然每天能走40公里，簡直不可思議。她聽到我的腳很痠痛，借給我藥膏來按摩，果然臺灣人親切又熱情。

晚上和 Sam 哥約好出門晃晃，在酒吧遇見 Juno 和她在路上認識的兩個義大利朋友。大家坐下來喝酒聊天，檸檬啤酒沁涼解渴。義大利小哥很可愛又好相處，還學會一點點中文，甚至聽得出香港跟臺灣人講中文的差別。這兩天我還認識了一個以色列小哥和納米比亞姐姐，Camino 把世界各地的人聚在一起，是趟很神奇的旅程，能聽到好多不一樣的故事。

前半段旅程一切順利，每天都好快樂，

似乎感受到上帝真的與我同在，感謝祂帶領我完成一半的旅途，我好像漸漸拾回對神的信心，接受到祂給我豐盛的恩典。

詩篇16:2：「我的心哪，你曾對耶和華說：『祢是我的主，我的好處不在祢以外。』」

第十八日，美麗塗鴉，2023/08/18

里程數：30.90km，累積 442.46km
起迄點：Sahagún-Reliegos
時間：10 小時
住宿：Junta Vecinal Don Gaiferos Pilgrims Hostel 9€

早上原本預計 05:20 起床，但鬧鐘沒有響，也難得沒有被身邊的人吵醒，結果就睡到 06:10 才自然醒。一樣是天還沒亮就出門，途中總能看見絕美的日出和彩霞。昨晚決定走30公里，還好今天大約每6公里就有一個小鎮，所以都能夠停下來充分休息。感覺走起來蠻輕鬆的，偶爾邊走邊吃在超市買的餅乾。直到最後6公里開始感到疲累，完全用散步的速度抵達終點。

今天路上沒有什麼大教堂或可以逛的地方，只有一些石柱和塗鴉。我很喜歡在朝聖之路沿途看到的牆上塗鴉，大部分都跟基督教、天主教或朝聖者有關。有的畫得很寫實，人物肖像栩栩如生，完全不像臺灣常見的盜版卡通彩繪村，而像是美術館裡的畫在牆上被放大好多倍。不知道是當地居民所繪，還是過去朝聖者們畫的。

中午停在某個小鎮吃午餐，終於吃到不是冰冷冷，而是熱呼呼的培根，真是讓人痛哭流涕。在雜貨店買了一些零食，老闆的小孩看起來大概小學的年紀，他興奮

BAR ELVIS
BOCADILLOS
RACIONES
Y TAPAS
ROCK AND ROLL!

地跑來跟我說，他看網路學到一句中文「謝謝！」可愛的模樣讓人融化。老闆娘和我說他們一直很想到臺灣玩，聽到這句話我感到非常訝異，這裡真的是遠在地球另一端的鄉村，他們竟然會知道臺灣，而且很想到臺灣玩，雖然不知是何種緣由觸動他們，但身為臺灣人還是倍感驕傲。

下午四點半到了今天的終點 Religos，是個貓咪很多的小鎮子。但是鎮上沒什麼人，也沒什麼商店，只能買唯一一間雜貨店的微波食品來解決晚

餐。街上的房屋感覺比其他城鎮破敗，塗鴉也是漆地一塌糊塗，我想晚上若在外面可能會挺驚悚的。在走往庇護所的路上遇到一隻熱情的牧羊犬，我拍拍牠，又慢慢走回庇護所休息。庇護所依然是所有人睡在同一間房的上下鋪，不同的是這裡將上下鋪倆倆合併，變成雙人床的大小，睡起來更舒服一點。明天就要走到朝聖之路途中最大的城市 León 了，期待接下來能遇見的一切人事物。

哥林多前書 10:31 ：「所以，你們或吃或喝，無論做甚麼，都要為榮耀神而行。」

第十九日、二十日，途中最大城，2023/08/19-20

里程數：24.56km，累積 467.02km

起迄點：Religos-león

時間：7 小時

住宿：Hospedería Rincón De Leon

早上6點多起床，整個庇護所幾乎都沒人了，大家還是都在天亮前就出發。走到Leon 沿途很有趣，先是經過一個美麗古老的小鎮，鎮上有12世紀建的鵝卵石城牆殘跡，目前還保存完整，還有一座中世紀後期興建的石製橋樑。接著會經過一片玉米田，有傳統的灌溉溝渠系統。看著灌溉水沿著石製水道流動，聽著潺潺水聲，是一路上很療癒人心的景物。走著走著又經過一條河 Río Porma，和幾個朝聖者一起在河畔旁停下來休息，撿河邊的石頭來打水漂。因為小時候常去溪邊打水漂，其他人都很驚嘆於我能打出非常多次數。

到下一個小鎮 Villarente 已經非常接近市區，路上的車輛明顯變多。在 Villarente 看到一座設施特別的公園，有座好看的籃球場，還有可滑索的遊樂設施，所以我停下來在這裡玩一會兒。

下午 1 點半左右進入 Leon 市區，我進到要住宿的地方 check in，因為 Leon 有太多景點想逛，而且是這趟旅程中難得的大城市。所以我決定留在這裡睡兩個晚上，住好一點的旅館好好休息。旅館就在烏梅多酒吧街 Barrio Húmedo

裡，算是 Leon 市區中最熱鬧的地方之一，因為這裡的西班牙人好似永遠只會在酒吧出現。

中午睡完午覺，下午五點多出去逛逛。先去最有名的主教堂 Catedral de León，是建於13世紀的歌德式建築。進到富麗堂皇的教堂內，難以相信八百年前竟然會有這樣高超的建築工藝。除了壯闊華麗的建築本身，兩側有多扇彩繪玻璃透著微微日光，上面描述著多個聖經故事。除此之外，還有大量精細的木製和石製雕刻，尤其在木椅上刻畫著多位聖人肖像。這裡的天主教教堂的內部格局，在兩側有很多小隔間，隔間裡奉著耶穌、聖母、各個聖人等，有的還設有跪墊，竟與臺灣佛道教廟宇更為相似。漫步在偌大的教堂裡，細細地看，好似每個角落都被精心設計。

逛完教堂又在旁邊的酒吧遇到 Juno 和兩位義大利小哥。大家一起坐在室外喝酒聊天，分享來 Camino 的感受和過去的人生經歷。義大利小哥的前女友竟然是義大利的選美小姐，原來大家都深藏不露。而 Juno 則是一位積極進取的人，並不安於當小學老師的穩定工作，而想去申請研究所繼續進修，這樣的精神很讓人佩服。

聊著人生故事，Juno 和我們說她曾學過看手相，所以幾個人興奮又好奇地伸出手，讓 Juno 一個一個解讀。記得她看了我的手相說，我目前雖然有明確的人生目標，但之後會有更大更遠的追求，改變了我原本的道路。最後還說到我的情路坎坷，大家都被這句話逗笑。其實身為基督徒，是不需要算命或看手相的，但我就當作是和朋友們的樂趣，也是一場有趣的文化交流。看完手相，義大利小哥用驚恐

的表情說 She knows everything，連酒吧服務生都湊過來一起聽，就像是來自東方的神祕力量吸引著所有人。

晚餐在回去的路上找間酒吧，點各種肉類拼盤補身體。拼盤中有雞肉、豬肉、牛肉、羊肉、香腸和薯條，好久沒有好好坐在餐廳中大快朵頤一頓，我一個人吃得津津有味的。回到住的酒吧街附近，大約已經晚上十點，發現滿大街竟然全是人，西班牙人真的是在九點日落後才傾巢而出，平常白天街道上都是空蕩蕩的。明天留在 leon 逛逛，終於可以放心地睡到飽

了。

隔天睡到早上八點才醒來，好久沒有睡這麼晚。整天除了在房間裡補眠，就是在市區閒晃。去逛幾間古老的教堂，又參加一場彌撒，這次參與者大多是當地的老人，只有我是唯一的年輕遊客。接著，我無意間逛到古董市集，有琳瑯滿目的物品，我買了一些瓷器，一件是歐洲款式的小碟子，一件是落款乾隆年間從澳門出口的中國彩繪瓷盤。考古學徒的職業病又犯了，可惜我辨認不出真偽，但因為太喜歡這個公雞樣式，還是決定買下它。

晚上八點多和 Sam 哥、Joeyson 兩個人約好一起去戶外酒吧吃飯。我們點炒飯、小米、鹹派、沙拉和可樂，擺上桌就像熱炒合菜一樣。其他西班牙人桌上都只有啤酒，似乎晚上十點過後才是他們的晚餐時間。聊天時，我們再次問到彼此來走朝聖之路的原因，我深刻記得 Joeyson 說：「一定有經歷曲折的吧，如果妳的人生一帆風順，妳就不會飛大半個地球來這裡走路了。」前面走了這麼多天，我終於能停下腳步好好休息，除了調整身體狀況，也重新沈澱一路上的感受和心情。我想生命就像朝聖之路，要好好享受這趟人生旅途，而不該憂鬱地困在原地踏步。並且我相信這是上帝給我的一份禮物，告訴我祂將指引我的道路。或許當初沒有成功轉學，也是神美好的旨意。我才有機會去北京大學交換，也才有機會來到這裡。

箴言 3:5–6：「你要專心仰賴耶和華，不可倚靠自己的聰明；在你一切所行的事上都要認定祂，祂必指引你的路。」

第二十一日，累到哭，2023/08/21

里程數：34.96km，累積 501.98km

起迄點：león-Hospital de Órbigo and Puente de Órbigo

時間：12 小時

住宿：Verde Hostel 13€

今天里程數累積破五百公里，離終點 Santiago 剩不到三百公里，剛好把第一本護照蓋完。心情很振奮但身體狀況卻不太好，下午四點過後氣溫飆升到攝氏35度，在毫無遮蔭的烈日下，背著八公斤的背包走。皮膚被曬得刺痛。不知道是不是昨天休息一天，讓身體一下子鬆懈下來，導致今天左腳腳踝附近的筋走到腫起來，雙腳腳底和肩膀都很痛，吃止痛藥才勉強能前進。沒想到「休息是為了走更長遠的路」竟是件錯誤。

已經走了三十公里快虛脫的我原本想停下休息了，結果鎮上唯一的庇護所門口貼著暫停營業，必須再走四公里多才有地方住。最後的四公里我邊走邊放聲大哭，臉上分不清是汗水還是淚水，對這個不得不拖著身體前進的當下感到崩潰。途中看到路邊有條水渠，我脫下鞋子，**將雙腳泡在冰水中**，想緩解那快侵入骨髓的疼痛。硬撐著走到 Hospital de Órbigo and Puente de Órbigo 鎮上的酒吧。我點一瓶 7up 汽水，把背包放下，坐在椅子上緩緩心情，身心狀況才漸漸好了一點。

早上出發時其實有兩條路線可以選，但網路上介紹都說南方較北方遠3.2公里的路是羅馬古道，風景秀麗，所以我選擇走向南方。結果一路上除了乾枯麥田和玉米田，其他什麼也沒有，還有一堆開超快，像趕著投胎的車子呼嘯而過，其實非常危險，是讓人大失所望的一趟路程。在路上認識了一個芝加哥小哥Brian，臉上留著八字鬍，像卡通裡的人物一樣。他說看到我覺得格外親切，因為他的親妹妹也叫做Vivian。

雖然今日一路上簡直是個災難，但最

後住到一間很好的庇護所。庇護所的庭院草坪上有吊床和搖椅，大家都在院子裡聊天。晚上6點還有免費的瑜伽課可以做伸展，對於痠痛好幾天的我，真的是一次身體上的救贖。瑜伽課的伸展很是舒服，尤其到最後的放鬆環節，老師敲著像三角鐵一般的樂器，讓人有種靈魂快出竅的感覺，躺在墊子上都要睡著了。

晚上8點，大家一起吃樂捐的素食晚餐，食材都是庇護所庭院裡的菜園所種的。所有人坐在戶外的長桌上一起唱歌、分享食物。我坐在一對之前很常遇見的丹

麥母子中間，丹麥奶奶 Liz 是個溫柔的人，63 歲還能一天走二十幾公里真的令人佩服。丹麥帥哥 Gize 長相非常帥氣迷人，且舉手投足都很紳士。他看上去總是一臉正經的，但談話間卻非常幽默。就像找到我心中的王子一樣，坐在他身邊都感到臉紅心跳，不敢直視他的雙眼。跟他們聊了一個晚上，學會維京人的乾杯 Skål，我和他們說在臺灣能看到許多以維京人為主題的卡通，他們都感到非常訝異，因為他們說在丹麥當地，維京人是殘暴的負面象徵。

我們對面坐著一對巴西夫婦，巴西大

哥分享他曾經在雨林裡工作，一生搬過二十幾次家，住過各式各樣的地方。聽著每個人的經歷真讓我大開眼界，原來這世界還有這麼多種生活方式，我好希望未來我有能力去選擇自己想過的生活。覺得自己也好想看看他們的世界，去世界各地的城市或鄉間流浪。

明天又要去一個較大的城鎮 Astorga，離這裡 17 公里左右，如果不累的話可能逛完大城鎮，再往前走一個鎮才休息。這種不知道明天住哪的旅行真的很有趣，只希望腳痛不會更嚴重，也不會再累得像行屍走肉，晚安。

腓立比書 4:13 ：「我靠著那加給我力量的，凡事都能做。」

第二十二日，古羅馬的 Astorga，2023/08/22

里程數：19.96km，累積 521.94km

起迄點：Hospital-Murias de Rechivaldo

住宿：Casa Rural Las Águedas Hostel 15€

今天吃早餐看到報紙上的大新聞，**西班牙女足拿到世界杯冠軍**，身在西班牙的我好像也感受到這份興奮和激動，在酒吧的電視機前看著比賽回放看得入迷。今天會經過知名的城鎮 Astorga，因為那裡有個大教堂和高第設計的主教宅邸。沿途要翻過一座矮山，山頂上也有個大十字架，那裡風景很美，能眺望底下橘紅屋頂的建築。

不久就走到 Astorga 城市裡，和之前的鄉鎮不同，今天中午城市的街道上很熱鬧，甚至有地方樂隊在演奏，周圍有些觀光客在遊逛。剛進城就看到市政廳和廣場，據說 Astorga 也是在公元前由羅馬帝國所建的古城，眼前的廣場就是兩千多年前古羅馬廣場的一部分，路上還能見到被保護起來的羅馬建築遺跡。這裡的小教堂存留著 Celda de las Emparedadas 三明治牢房，是古代虔誠的教徒用來**禁閉婦女的終身囚牢**，裡面是個沒有門的小黑屋，只有兩扇鐵窗。進入牢房的婦女只能終身在裡面祈禱懺悔。在小教堂附近就是灰褐色牆、藍色尖狀屋頂的主教宅邸，這座宅邸就像一座華麗的迪士尼城堡，矗立在城市建築中間。主教宅邸目前有開放民眾付錢參觀，裡面像博物館一樣，陳列著各樣不同年代的物品。華麗的內裝也很讓人驚嘆，有著宗教建築不可或缺的彩繪玻璃，還有超大型的宗教壁畫。

而主教宅邸旁邊就是 **Astorga 大教堂**，是建於15世紀的哥德式建築，門面上是兩座高聳的方形塔，整座建築外觀都有無比精細的石雕。大教堂內部也很大，放著許多

ERMITA
DEL
ECCE HOMO
SIGLO
XVII
Vom Glauben, der gesund macht.
(B. Häring)
信仰は健康の泉
La foi, source de santé
La fede, fonte della
신앙은 건강의
The faith, fountain of
La fe, fuente de

油畫，還有個 VR 眼鏡區，可以觀看整個教堂全景、結構的影片介紹。離開教堂後，我繼續踏上路程，但走到半路突然覺得手空空的，原來我把牧羊人棍棍忘在教堂裡了。思考過後我還是決定原路返回，去拿回已經有感情的棍棍。就這樣一波三折地多繞了一個小時的路途。

找到棍棍後再次回到路上，沿途經過一間小教堂，旁邊有個信仰之泉，是可以飲用的水龍頭，我蹲

著喝了幾口，這裡的水似乎特別沁涼甘甜。走往下一個小鎮休息，大約下午四點才終於抵達 Murias de Rechivaldo，這裡也是人煙稀少，有零星幾間庇護所，我選了一間看起來有庭院的住，環境乾淨漂亮。附近有座籃球場，趁著下午陽光不這麼炎熱時，我和 Sam 哥約好一起去球場打打球。晚上洗完澡，在庭院裡曬好衣服，很快就睡著了。

以賽亞書 12:3：「所以你們必從救恩的泉源歡然取水。」

第二十三日，最棒的夜晚，2023/08/23

里程數：32.16km，累積 554.1km

起迄點：Murias de Rechivaldo-El Acebo

時間：11小時

住宿：Pilgrims Hostel parroquial Apóstol Santiago 樂捐

今天又是翻山越嶺的一天，昨晚聽義大利大叔說 El Acebo 有整個法國之路最美的日落，所以決定要走到在另一側山腰的 El Acebo。這樣路途就比原本預計多了10幾公里，在37度下走32公里的山路，真是不開玩笑地困難。早上五點半出發，抬頭就是滿天星斗。走完前兩個鎮8公里多，停下來吃早餐，天還未亮。

差不多天亮時，開始進入上坡路段，山路雖然累但風景很美，偶爾還會遇到放牧的牛群。兩旁有很多紫色花叢，不知道為什麼總讓我想起愛麗絲夢遊仙境的場景。途中遇到用熱蠟做印章的朝聖者大叔，他直接拿火燒蠟，滴在護照上再蓋印。感覺他是經驗豐富的朝聖者，在路邊擺個小攤，讓其他朝聖者能在這趟旅程留下獨一無二的印章，印章樣式還能自己挑選，是個特別的回憶。

走到**頂點的鐵十字休息**，脫下鞋子才發現襪子破了個大洞。因為每天路途遙遙，身邊幾乎所有朝聖者腳上都長滿水泡，水泡甚至被當成朝聖者的象徵，

連滿腳是繭的大叔都逃不過。然而，我的腳竟和第一天一樣白嫩，就算**襪子破了**也完全沒事，就像上帝用油膏抹在我的腳上，完全不受磨損影響。不幸的是，前幾天左腳腫起來的地方感覺肌肉發炎了，今天走山路真的很辛苦，好幾次痛到眼淚都擠出來。尤其是後面10公里的下坡，全是超級難走的岩石路，而且坡度非常陡，沒踩好真的就滾下去了。

今天跟第一天相同，又是獨自一個人翻山越嶺，卻又發生了讓我不可置信的神蹟。當我在路上感到無助時，仰天望去，

竟然又是七隻老鷹在我前方盤旋，就像上帝派來帶領的使者，讓我在那一刻有一種神同在的平安感。不久遠遠地聽到有人大喊 Vivian，是前兩天認識的韓國小哥。我和他聊聊天，他送給我從韓國帶來的沖泡湯粉。後面下坡路他可能擔心我的腳痛，所以一路都跟在我身後。直到看到終點 El Acebo 我累到差點跪下，韓國小哥不停鼓勵我就快到了，但我的腳痛到像有火在燒，甚至不知道明天還走不走得了。

今天的庇護所也是樂捐的，而且有好多這幾天在路上遇到，但沒有說過話的朝聖者都住這裡，所以晚餐時間和大家聊得很熱烈。剛到庇護所就遇到昨天叫我走來看日落的三個義大利大叔，其中一個愛跳舞又很瘋的大叔，說我是他見過唯一一個不穿長褲、不圍面罩，毫不在意防曬的亞洲人，他說 You are so European style, getting nice tan, I love it.。晚上七點朝聖者們一起準備晚餐，我幫忙倒水、擺餐具、削皮、切水果沙拉。準備完大家坐在長桌，輪流用各國語言禱告，我負責說中文的，其他有英義西法德葡韓廣東丹麥等等，非常有趣。

DONATIVO
DONATION

一個德國姐姐很熱情地問能不能跟我坐。我右邊坐著德國姐姐，左邊是義大利大叔，對面是丹麥帥哥，和兩位義大利小哥。大家聊得很起勁，我們問到彼此會說幾種語言，丹麥帥哥說要考我中英臺日韓法德語，我用各種語言講了幾句自我介紹，旁邊的人都很吃驚。我們聊到別桌都吃飽離開了，只剩我還沒吃完，大家竟然繼續坐著陪我吃飯聊天。

八點多準備出去看日落，大家坐在十字架的階梯上等待。不幸的是今天山上雲太多，見不到最美的晴天日落。不

過山腰景色真的很壯觀，我很享受朝聖者們聚在一起的氛圍。庇護所的志工用我的手機幫大家拍合照，傳照片時我說airdrop?，大家都笑了出來，因為幾乎所有人都拿 iphone，airdrop 變成國際通用的功能。晚上酒吧開門，一群人約去喝酒，但我想休息就沒有跟著去。希望明天腳還能走，也希望我學會愛惜自己的身體，晚安。

以弗所書 5:29：「從來沒有人恨惡自己的身子，總是保養顧惜，正像基督待教會一樣。」

第二十四日，不想放棄，2023/08/24

里程數：25.04km，累積 579.14km

起迄點：El Acebo-Camponaraya

時間：9 小時

住宿：Naraya Hostel 10€

昨晚外面又像刮颱風一樣，長風呼嘯，吹得窗戶整夜抖動。早上四點多被惡夢驚醒，夢到我還沒走完全程就突然回到臺灣。在夢中我像發瘋般地後悔，想再買張機票衝回來，但是我已經在學校上課了。醒來後發現自己還在西班牙，真的鬆了口氣。也因為這場惡夢，讓我很害怕自己會像夢中的場景一樣半途而廢，所以我禱告懇求上帝讓我的腳傷緩解，能在祂的保守下繼續前進。

早上出發前忘記吃止痛藥，下坡路一直拉到腳踝，每抬一步腳就萬分疼痛。撐到第一個鎮後吃了止痛藥，後面的路才好一點，但走路變得一瘸一拐的，速度變得很緩慢。原本預計走15公里到大城鎮 Ponferrada 就好，但又覺得至少趁著還能走，就再多走一點。想抄捷徑略過兩個鎮，直接走到 Camponaraya。經過 Ponferrada 有個12世紀建的聖殿騎士堡 Castillo templario，城堡外觀很像用樂高拼出來的，由一塊一塊的石頭推砌而成。真的就如小時候故事書中的城堡一般，門前

有座橋，橋下是護城河，而城牆上有高聳的堡壘瞭望塔。城堡內部是空盪盪的，只剩下原來的建築本身，上面風景很好，能眺望整座城鎮。

路上經過雜貨店買到護踝，把腳踝固定後走起路來真的好多了。雖然走久還是痛，但至少能用正常姿勢前進。還有在超市買了小熊軟糖和一袋冰塊，我把冰塊倒進水袋裡，路上可以喝冰水，走到住的地方還可以用來冰敷。

住在 Naraya Hostel 的朝聖者很少，廁所乾淨寬敞，我愜意的邊洗澡邊看 YouTube，然後整個下午都躺著，讓腳休息。晚餐吃樓下酒吧的紅醬義大利麵，配一罐超市牛奶。今天剛好我的第一張歐洲電話卡已經到期，換了卡才發現，時間真的過得好快，我竟已經在外旅行二十八天了。我好像開始能數算神的恩典，一路上發生好多美好的事，我願意相信是神的同在，就算兩腳疼痛不已，我還是有力量堅持下去。

馬太福音 24:13：「惟有忍耐到底的，必然得救。」

GADIS
HORARIO
De Lunes a Sábado
de 9.00 a 21.30 h.

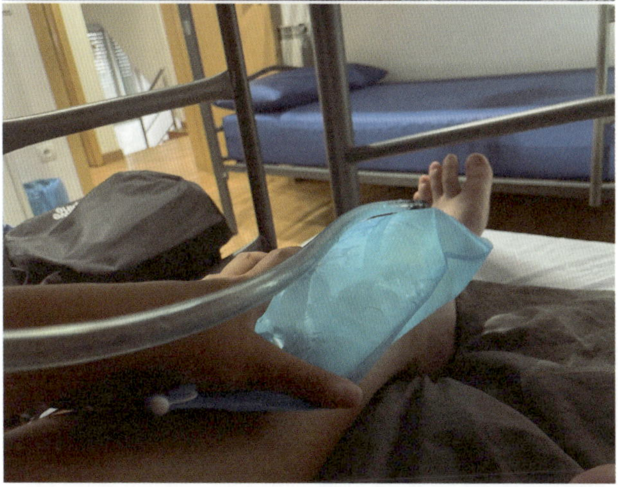

第二十五日，祈禱，2023/08/25

里程數：24.56km，累積 603.7km

起迄點：Camponaraya-Trabadelo

時間：9 小時

住宿：Trabadelo Pilgrims Hostel 9€

今天一路上除了腳痛還是腳痛，我再無其他的念想，眼前一切都被疼痛感所吞噬。

親愛的主耶穌，求祢醫治我的腳，讓我不再感到疼痛，走去 Santiago 的路上都有祢的同在，奉耶穌基督的聖名禱告，阿們。

以賽亞書 40:29：「疲乏的，祂賜能力；軟弱的，祂加力量。」

198,5Km

七、衝刺：旅程倒數。

第二十六日，山頂的動物大遷徙，2023/08/26

里程數：21.51km，累積625.21km
起迄點：Trabadelo-Liñares
時間：6.5小時
住宿：Linar do Rei Hostel 12€

早上五點多起床，外面刮著風甚是寒冷，應該不到攝氏10度。離開鎮子又是一片漆黑，我只能坐在長椅上等著有其他朝聖者來再跟著走。不久等到一個義大利大叔，大叔英文不太好，所以我們聊天內容都很簡短。且大叔走得很快，我只能硬撐著腳痛跟上，他可能也沒有發現我的腳上有傷。但讓我很感恩的是，義大利大叔都會用手電筒幫我照著前方的路，提醒我要小心。到了第一個鎮差不多天亮了，我停下來休息跟義大利大叔告別。

休息完後走著走著，腳竟然幾乎感受不到疼痛。我想可能是前面走得很快，讓身體熱起來，減輕肌肉的疼痛感，又或許上帝聽到我的禱告吧！後面的路程竟完全感覺不到疲累，甚至很陡的山路都覺得走得輕鬆，比前幾天的狀況好許多。加上今天天氣很舒服，不會太熱，山路上的景色風光明媚。少許雲霧繚繞在蓊鬱的山頭，不遠處則常有放養的牛群和羊群，一路上除了自己的喘氣聲外，還能聽到牛羊身上的鈴鐺聲，路邊小溪的潺潺流水，我很享受這份與世無爭卻很富足的孤獨。路上遇

見一位**騎著馬的朝聖者**，原來是當地提供體驗騎馬上山的服務，有點可惜沒有提前得知這個消息，我一直想嘗試騎著馬走朝聖之路。

走了18公里終於到達官方推薦的**休息點** O Cebreiro，O Cebreiro 似乎是個觀光景點，有不少朝聖者之外的觀光客，甚至還有大型遊覽車在一旁停駐。這裡展示著當地住民的特色建築，因為冬天會有大量積雪，特殊的尖屋頂能夠自動排雪，而屋子中挑高的房間結構，似乎能讓屋內柴火的溫度傳達到每個角落。O Cebreiro 也有座美

麗教堂，許多遊客都在裡面點蠟燭祈福。

我在 O Cebreiro 餐庭外的桌椅吃了三明治和熱牛奶，與幾個朝聖者聊聊天，分享這天沿途拍的照片。我看天色還很早，而且今天腳的狀況很不錯，所以決定再多走3公里多住在下一個鎮 Liñares。

Liñares 是山頂上超級小的村莊，只有五戶房子，但有物品齊全的超市，和乾淨明亮的山景庇護所 Linar do Rei Hostel。這可能是目前為止住過設備最新，且風景最美的庇護所，這也是目前為止，我心中最喜歡的一間。房間裡有三面超大窗戶，

躺在床上就能將所有山景盡收眼底。眼前一大片綠草茵茵，讓我想起電影《真善美》裡的山坡草地，美好得讓人沉醉不已。

洗澡邊洗衣服時，才知道自己今天自己又走破一雙襪子，想把走破的襪子也帶回臺灣，作為自己辛苦一路的證明。在外面曬好衣服後，我又回到房間躺著休息。傍晚到對面超市買微波晚餐和零食，吃飯時望向窗外，有個牧牛人正要領著牛群回家，讓我親眼目睹一場有趣的動物大遷徙。牛群身後有兩隻辛勤工作的牧牛犬，維持牛群的速度和秩序。我拿起手機記錄下這一刻，然後發現自己的嘴角上，有止不住的笑意。忽然間腦海響起一首老歌的旋律，「走在鄉間的小路上，暮歸的老牛是我同伴。」覺得眼前這一切像在美夢中才會發生，是樸實而美好的畫面。

今天路上又經過了一個界碑，代表已經進入朝聖之路上最後一個省份 Galicia，是靠海最西北的地區，以畜牧業和漁業著名。倒數一百五十幾公里，大概再一星期後就會到終點 Santiago 了，我開始期待真正完成旅途的那一天，希望後面的路途一切順利，求主醫治我，使我的腳不要再感到疼痛了。

腓立比書 4:6–7：「應當一無掛慮，只要凡事藉著禱告、祈求和感謝，將你們所要的告訴神。神所賜出人意外的平安，必在基督耶穌裡保守你們的心懷意念。」

第二十七日，牛舌，2023/08/27

里程數：17.66km，累積642.87km
起迄點：Liñares-Triacastela
時間：6小時
住宿：Complexo Xacobeo Hostel 40€

今天行程很輕鬆，一共17公里的下坡路，但下坡太陡讓膝蓋很痛。山上的早晨天氣很陰冷，剛出門只有10度左右，穿了兩件長褲、三件衣服也完全沒有流汗。一路上伴隨的仍是絕美的山景，這裡的村子似乎皆以牧牛維生，途中有超多牛群和滿地的牛屎，走著走著就會和牛群擦肩而過。

中午在途中的小鎮吃現做的西班牙炸丸子，熱騰騰的外皮很酥脆，裡面的餡料實在吃不出來是什麼，但口感軟糯，別有風味。再配上一杯 ColaCao 熱可可牛奶，身體變得溫暖，在冷冷的天吃到熱食感覺好幸福。在路上遇到之前住過同一個庇護所的義大利朋友們，和總是一起走的 Sam 哥，一群人邊聊天邊走路，就能忘記腳下的勞累。途中經過一顆參天的巨大古栗樹，據說有八百多年的壽命。

晚餐我和兩個朝聖者相約 Triacastela 的酒吧，大家用紅酒開心地舉杯。我看到菜單上的牛舌，回想到今天中午經過牛群的時候，一隻牛伸舌頭舔了舔我的手，所以突然很地獄地想點一份牛舌來吃。沒想到這裡的牛舌不是切片的，而是直接將整根舌頭放在餐盤上，還看得到一粒粒的舌苔。剛端上桌時，我真的很難下手，覺得有極強的罪惡感，連自己的舌頭也隱隱作痛。當放下內心的掙扎咬下第一口，想不到牛舌吃起來口感滑嫩，配上醬料和小菜簡直是場味覺饗宴。

吃到一半隔壁桌突然來了一大群朝聖者，感覺大部分都是義大利人。他們背著烏克麗麗和吉他，彈奏著一首首世界名曲和義大利歌曲，我湊過去和大家一起喝酒唱歌，酒吧裡熱鬧的氣氛溫暖了寒冷的夜晚，這一切都讓我難以忘懷。今晚找到一間評價9.4的旅店，單人房看起來很不錯，床鋪很大又柔軟舒服，有獨立衛浴吹風機，屋頂還有有天窗。這裡一晚的房價不算便宜，要價四十歐元。我原本捨不得花這筆錢。但媽媽說，她希望我偶爾也能住得舒服一些，好好休息。雖然她遠在臺灣，卻依然給我支持與溫暖。我想平常都住很多人一間的上下舖，久久住一次單人房讓自己放鬆也很好，希望明天我的腳能維持現在的好狀況，阿們。

箴言 23:25：「你要使父母歡喜，使生你的快樂。」

第二十八日，走出溫室的花朵，2023/08/28

里程數：17km，累積 659.87km
起迄點：Triacastela-Sarria
時間：6 小時
住宿：Albergue Puente Ribeira 13€

這幾天天氣變冷，不用擔心下午的太陽太曬，所以我休息到早上8點才出門。離開 Triacastela 有兩條岔路可以選，都會抵達**重要城鎮 Sarria**。由於擔心自己腳的狀況，所以我選擇短的那一條路。在山林中的小鎮裡，經過一間關閉的破舊教堂，感覺很久沒有人來過。從鐵柵欄看進去，東西散亂在祭壇上，到處都佈滿了灰塵，就像中式電影裡常會冒出神仙的破廟，讓人毛骨悚然。

後面一路上又不斷遇上牛群，空氣中都瀰漫著濃濃的牛騷味。走到路程的一半，有個開放朝聖者休息的庭院，桌上放滿了食物和飲料，都是樂捐的。庭院裡面有很多舊沙發和一些樂器，剛好遇到昨天在酒吧的那群義大利人，他們又在這裡唱歌、彈吉他。在庭院裡吃些餅乾和桃子，喝一點牛奶，又在留言板寫下一些中文，懷著感恩的心又繼續上路了。

中午在路上的小鎮吃老闆推薦的牛肉派，她說這裡牛肉很新鮮，讓我又不自覺地想起昨晚吃的牛舌。走著走著突

DONATIVO

然有個人叫住我，是昨天曾遇到的**荷蘭大叔**，他一直跟我聊天直到走進 Sarria。但過程幾乎都是他自己瘋狂輸出，說他很喜歡撿石頭，聽到別人說我是學考古的，就很想找我討論。他分享著自己的人生經歷，像是五歲開悟離家出走、徒步去過各個國家、可以說六種語言、用雙手同時寫字和算數。他覺得學校教育跟科學都是騙人的，警告我要小心不要被奪走智慧，愈聊愈覺得他不是天才就是個瘋子。最後他跟著我到庇護所，想跟我要錢。我跟他說自己身上沒有太多現金，拿了一歐的零錢給他，還好他很快就離開了。我想著如果不是來走 Camino，我可能就像溫室裡的花朵，永遠沒機會遇到這麼多種人。但今天的遭遇讓我提醒自己，一個人還是要對周遭保持警醒。

晚餐吃的是當地有名的章魚切盤，很好吃但是份量很大，嚼得我兩頰痠痛。從 Sarria 開始變得超多人，因為各個路線的朝聖者似乎都匯集在這裡。看著里程碑不斷倒數，離 Santiago 只剩一百多公里，希望神能賜給我夠用的恩典，讓我平安健康地抵達，加油。

約書亞記1:9：「我豈沒有吩咐你嗎？你當剛強壯膽！不要懼怕，也不要驚惶，因為你無論往哪裡去，耶和華你的 神必與你同在。」

第二十九日，倒數一百人擠人，2023/08/29

里程數：34.14km，累積694.01km
起迄點：Sarria-Hospital da Cruz
時間：10小時
住宿：Hospital de la Cruz Xunta de Galicia Pilgrims Hostel 8€

今天終於看到倒數一百公里的里程碑，已經走過快七百公里，真是不可思議。之前路線指示說我們已經爬完路途中最後一座山，結果完全是騙人的。為什麼朝聖之路上的山路好似沒有盡頭，今天又有好多上下坡，走到後面大腿都已抬不起來。早上七點多出門，天氣非常陰冷，路上下起綿綿細雨。然而，回想起來其實很是幸運，這是我在朝聖之路上遇到的第二場雨，兩次都只是毛毛雨而已，聽說晚幾天出發的人都遇到過大暴雨的天氣。

沿路上朝聖者變得更多，走在路上，前後至少都有二三十個人，無法和前幾天一樣享受獨自一人的清淨。這讓我很不習慣，覺得備感壓力。天冷下雨加上周圍太多人，心情真的受到影響，是很難受的一天。直到中午天氣放晴，一個人坐在路邊發呆、吃餅乾，想著前面旅程一切喜樂的事物，沈澱一下心情就好多了。

不幸的是，我查詢訂房後發現原本要去的城鎮Portomarín，因為有太多朝聖者在同一條路線，所以已經完

全沒有空房了。又是個為了住宿，要逼迫自己走更遠的一天，總共要走34公里真的好崩潰。我總告訴自己快到終點了，一定要堅持下去。到Portomarín前有一**座大橋**，要越過一條河Río miño，看到兩岸有大範圍的石質房屋殘跡，我眼前一亮，很想走到遺跡中尋寶。上網查才知道Portomarín是中世紀的舊城城址，後來因為要蓋水庫而被淹沒，才搬遷到現在的山坡上。想著那些人當時看著自己的家園被洪水淹沒，心裡會是什

麼感受，會不會感到悲痛呢？也好奇現在這裡的居民看到那些建築殘跡，又是什麼感覺？

因為大家都選擇在 Portomarín 住，所以後面的路又能一個人自在地走，我開心地唱著歌穿越樹林，經過幾個安靜的小鎮。累的時候就躺在地上看著藍天白雲，伸展我那雙疼痛到快麻痺的雙腿。經過煎熬的路程，下午五點半終於走到目的地 Hospital da Cruz，竟追上了之前常一起走的 Sam 哥。午餐為了要趕路沒有吃，所以我

決定吃一頓豐盛的晚餐，為自己加油打氣。一直以來遇到 Sam 哥，感覺就像是上帝派來的天使，一路上給我很大的安全感，感謝主安排有個會說中文的人，陪我一起度過這段旅程。

傳道書 4:9：「兩個人總比一個人好，因為二人勞碌同得美好的果效。」

Km. 100,000

第三十日，捨不得結束的旅程，2023/08/30

里程數：33.50km，累積 727.51km

起迄點：Hospital da Cruz-Boente

時間：11 小時

住宿：Albergue Boente 14€

這兩天爆走67公里，因為跟四個朝聖者朋友約好，想在8／30有超級月亮的晚上一起夜走到 Santiago。所以原本五天的路程要趕在三天內走完，隔天早上須再走27公里，下午到庇護所睡覺，半夜再走20公里就到終點了，這種行程真的超級瘋狂。

今天路上的風景比較單調，大部分都走在樹林小徑裡，依然有很多上下坡。早上天氣不太好，可能因為還在山區，氣溫寒冷，而且一直飄著霧雨。沒被衣物包住的臉和雙手都濕透又快凍僵了。走到最後右邊胯部的筋絡突然很痛，導致右腳抬不起來，還好停下來拉拉筋後又能繼續走，但我的步伐變得小心翼翼。或許自己的身體真的快到極限了，就像一部輪胎洩氣的老車，因為開得太長遠過於操勞，讓零件都漸漸損壞，無法正常前進。

中午停在一間鄉村咖啡廳吃午餐，點了一個**金槍魚番茄三明治和熱可可牛奶**，沒想到三明治的份量非常多，麵包竟比臉還大，再加上多到會爆出來的金槍魚醬。而熱可可的可可粉甚至是給一大罐自己加

到飽，真是非常划算的一餐。在咖啡廳再次遇到唱歌的那群義大利人，坐著和他們聊聊天。**有彈吉他很帥氣的馬可，長鬍子的貝爾多，和貝爾多的匈牙利女友多爾卡。**我們說好之後大家如果在終點見面也要一起喝酒、唱歌。

今天住的庇護所有個泳池，但現在天氣太冷了，所以只能在岸邊泡泡腳。有兩個一起泡腳的西班牙大叔，都完全不會說英文，跟他們用比手畫腳加一點簡單的西班牙文，竟然真的可以溝通。我跟他們說我打算在夜晚趕到 Santiago 的計畫，兩個

大叔露出不可置信的神情，然後一直跟我說妳很棒，為我加油打氣。

因為中午吃太多了，晚餐就喝牛奶配著包包裡的餅乾和香蕉。牛奶是在前幾個鎮買的，歐洲的牛奶感覺比水還便宜，買一大罐都不到一歐，我後面六公里的路程都拿著那罐牛奶走。明天的計畫不知道能不能順利成功，沒關係，最後一段路了想好好享受這捨不得結束的旅程，一路都有上帝的祝福，相信我的腳能夠順利撐完，平安健康地抵達。

詩篇 103:2–3：「我的心哪，你要稱頌耶和華，不可忘記祂的一切恩惠！祂赦免你的一切罪孽，醫治你的一切疾病。」

第三十一日，大計畫，2023/08/31

里程數：27.41km，累積 754.92km
起迄點：Boente-Pedrouzo
時間：7小時
住宿：Albergue de peregrinos de Arca do Pino de la Xunta de Galicia 8€

早上氣溫大約攝氏10度，呼吸都會吐出白霧，天氣多雲，幸運的是只有霧氣沒有下雨，太陽出來後才逐漸天晴。途中樹林裡傳來笛子聲，是一個擺攤子的光頭鬍子大叔，跟他買了兩個手工的陶質飾品當作紀念。結果離開後才發現我的棍棍又掉在攤子那裡，然而我已經走遠，也不打算再走回去拿了。在第一天買的登山棍棍，陪伴並支撐我走了七百多公里。但是因為早就知道不能帶它上飛機回臺灣，所以我似乎沒有太難過，很感謝這根棍棍。

早餐喝巧克力牛奶配餅乾，老闆聽到我是從臺灣來的，他喊了一聲 I know, Formosa!，之前有間章魚店的老闆，也一樣說過臺灣是福爾摩沙。從西班牙人口中聽到 Formosa 讓我有很奇特的感受，不知道他們把這當作是過去殖民地的稱呼，還是原意美麗的島嶼。真沒想到現在還有人這樣稱呼臺灣。

下午走到 Pedrouzo 和四個夥伴會合，要為等等的夜走大計畫作預備。我們先選擇一間最便宜的公立庇護所稍作休息，先洗好澡、洗好衣服，下午躺著

睡一覺，因為早上也走不不少路，我們都很快就入眠。晚上起來吃晚餐、買零食，接著又繼續睡到半夜12點起床。

夜走團一共六個人，法國人Julie&Adam，香港人Sam&Joysen，和臨時加入的夏威夷人Kelvin。半夜12點從庇護所出發，還好雲不多，能清楚看見超級月亮，月亮的光芒就像引路的燈塔。我們一路上都不用開頭燈和手電筒，就能在月光的照耀下前進。

大家開玩笑地說滿月會有狼人出現，在黑夜的森林小徑裡不停模仿著狼嚎聲，嘻嘻鬧鬧地一起向前走。最後20公里心情超級高亢，但身體已經無比疲憊，每次停下來休息所有人都在路邊一秒睡著，最後幾公里大家完全是邊走邊睡，沒有出發時玩樂的興致了。看著里程碑漸漸倒數，Santiago城的燈火愈來愈近，不敢相信這一個月的旅程真的就快要到達終點，感謝上帝一路上保守我的平安健康，使我充滿喜樂的完成這趟朝聖之路。

腓立比書　3:13–14：「弟兄們，我不是以為自己已經得著了；我只有一件事，就是忘記背後，努力面前的，向著標竿直跑，要得　神在基督耶穌裡從上面召我來得的獎賞。」

第三十二日，我到終點啦，2023/09/01

里程數：19.88km，累積 774.8km

起迄點：Pedrouzo-Santiago de Compostela

時間：6 小時

住宿：Libredón Rooms 77€

八月一日走到九月一日，徒步旅行一個月，走過三百多個城鎮，七百多公里的路程，終於抵達 Santiago。從發現腳發炎那一天開始，後面每天起床都需要吃止痛藥才能走，好幾次都覺得真的堅持不住了。但我完全不想放棄，咬著牙一瘸一拐哭著前進，能撐到終點真的很不容易。看到大教堂的那刻好多種情緒同時湧現，說不上來的激動。謝謝上帝讓我經歷這一切，感謝爸媽的支持，也感謝路上遇見的每個溫暖的朋友。還有感謝我的雙腿跟肩膀還沒有斷掉。此刻好想躺平，然後回臺南吃鱔魚意麵，真是別想再叫我吃乾麵包。

六點多到辦公室門口排隊，九點才開門。因為當天前10名抵達，能免費吃到五星級飯店的朝聖者午餐。外面十幾度還飄著細雨，就這樣把自己**蜷縮在雨衣裡**，在路邊睡了三個小時。因為太像流浪漢，旁邊先到的日本阿伯開玩笑說前面放個碗，早上起來就有人丟錢賺回旅費了。睡醒的時候雙腳完全僵掉站不起來，在辦公室順利**拿到前十名午餐卷和朝聖證書**，我和周圍的朝聖者們互相擊掌、擁抱，開心得難以言喻。

TURNO / TURN
16
MESA / TABLE
4
DATALOGIC

中午12點在Santiago大教堂，幾千名朝聖者一起做彌撒，人多到所有木椅都坐滿了，所以我只能坐在地板上。聽著神父用西班牙文祈禱，管風琴聲迴盪在教堂裡，可能我又回想起一路上的歡笑和艱辛，聖靈的感動讓我坐在原地大爆哭。結果哭著哭著，我竟然在教堂地上睡著了。昨晚沒睡都在走路，身體應該已經累到極限，直到彌撒結束前才醒來吃神父給的聖餐餅乾。吃完的朝聖者午餐後，我和義大利朋友們躺在教堂前的廣場曬太陽，在終點遇到好多路上認識的朝聖者們，這些外國的哥哥姐姐們看到我，都給我個大大的擁抱然後說Congratulations! I am so proud of you. 這樣的情誼真讓人動容，一個人在國外還能收穫滿滿的溫暖和祝福。

住宿訂了一間有浴缸的單人房，久違地泡進熱水澡。整個下午幾乎都在房間補眠，晚上出去逛逛，買一雙涼鞋換掉較笨重的登山鞋，想讓腳好好放鬆。晚餐自己找間餐廳吃這裡的特色烤章魚腳，章魚腳入口即化，餘味無窮，用美食結束了快樂又疲憊的一天。

申命記 28:6⋯「你出也蒙福，入也蒙福。」

八、歸途：直到世界的盡頭。

Muxía& Fisterra，世界的盡頭

離回國還有幾天時間，搭巴士到緊鄰大西洋的兩個海邊小鎮度假，調整身體和心情。沒特別安排什麼行程，幾乎不是在庇護所睡覺，就是**坐在石頭上看著海發呆**。回憶著這一個多月的旅程、這半年多以來發生的事，還有從低潮剃光頭走到現在的自己，覺得這一切都不可思議。有些以為很深刻的事情，回想起來卻好遠好遠，想跟自己說聲辛苦了，謝謝妳願意不斷前進。

在 Muxia 遇到三個熱情的臺灣人，是五六十歲的叔叔阿姨，他們也剛走完朝聖之路。阿姨聽到我沒吃午餐，立馬微波她剛煮的義大利麵給我吃。她說：「妹妹妳別客氣，如果我孫子長大一個人在外面，我也會希望有人這樣照顧他。」很感謝上帝讓我在外地都有所照應，這又是一次難以忘懷的際遇，期望自己也有能力將這樣的溫暖傳遞下去。

下午和之前認識的巴塞隆納姐姐 Elena 去逛這座海邊小鎮，到海角最遠端的教堂參加彌撒，特別的是有當地人的聖歌大合

唱，就如專業合唱團一般還有和聲，曲子十分動聽。彌撒結束後，我和 Elena 就留在海邊看夕陽。我坐在岩石上靜靜聽著海浪拍打，再次陷入朝聖之路的回憶之中。

隔天早上一個人去海邊晃晃，出太陽後的風景美不勝收，看著大海感嘆這是離家好遠的大西洋啊！在海邊看到一堆石質建築殘跡，應該也是廢棄的中世紀古城，走到石堆裡發現兩個陶瓷片。教堂旁擺著一些小攤販，我買一份好吃的西班牙油條。中午到餐廳吃海鮮燉飯，這應該是在西班牙海邊必吃的美食。但因為是兩人份

起跳的份量，所以我還先到超市買著夾鏈袋去打包，燉飯好吃但口味較重，裡面有非常多海鮮和超大隻的蝦子。

下午搭巴士到 Fisterra 這裡以最西北角「世界的盡頭」著稱，可能是太久沒坐交通工具，導致我暈車非常嚴重。所以一到 Fisterra 的庇護所就暈得睡著，下午六點多才出門到海岸邊。走去世界盡頭一個小時的路程，要沿著海岸線爬坡。在燈塔下的懸崖，坐在岩石上，聽著腳下的海浪聲，等著九點多的日落。竟幸運地遇到好久不見的巴西夫婦。日落昏黃的陽光灑在波光粼粼的海浪上，是一道撫慰人心的景色。

隔天睡到快十點出門，到海灘散步撿貝殼。中午找了餐廳吃這裡的特產 Percebes 藤壺，藤壺長得像動物的爪子，要扭開來吃裡面的肉。肉質很鮮甜有淡淡的海水味。下午看到太陽出來了，又跑去沙灘游泳曬太陽，到四點多準備坐車離開世界的盡頭。

詩篇 113:3：「從日出之地到日落之處，耶和華的名是應當讚美的！」

Madrid，不思議

從回 Santiago 搭九小時的夜車到馬德里，中間沒什麼睡，停了兩次休息站，其中一站竟然是之前走路經過的小鎮。早上五點多到馬德里車站，外面下起暴雨，只好在車站的長椅睡了四個小時。睡到一半還被巡邏的保安叫醒，他說這裡不能躺著，感覺自己愈來愈像是在這裡流浪。等雨小一點，決定搭公車去住的青旅。

中途轉了三班公車，不知道為什麼每次上車剛要掏錢，司機就說0歐，並叫我趕快去坐好，所以每趟都快樂地搭上免費公車。青旅下午三點才能 check in，所以我先寄放背包後就出門走走。結果沒多久竟又下起暴雨，什麼都沒帶的我只能躲在公園的樹下，等雨漸漸變小後才跑去逛超市，在超市買晚餐和想帶回臺灣的 CalaCao 可可粉。

隔天早上去逛附近的西班牙國家考古博物館，裡面的考古展示超乎想像地豐富，尤其是在臺灣很難見到的舊石器時期遺物，像是打製石器或有刻畫圖紋的動物骨骼。

博物館裡沒什麼人，我一個人拿著Google翻譯，到處查看解說牌上的西班牙文。最後在紀念品店買了一本西班牙文小說，是關於一個考古學家用尼安德塔人為第一人稱寫的旅行遊記，感覺內容別有異趣。

下午搭公車到市區遊蕩，參觀**馬德里王宮**、主教堂、主廣場、太陽門、熊與莓樹地標，再走到聖米格爾市場吃午飯。繞著市區走一圈後，發現馬德里是座極具魅力的城市，市區裡景色怡人，建築沒有現代科技感，而是保有歐洲特色，甚至比起巴黎市區更為乾淨明亮。馬德里街上的行

人雖多，但道路寬敞，所以散步起來格外舒服。

下午四點，我和**高中同學**約在 Sol 車站前見面，是我高三同班最好的朋友之一，剛好她剛來馬德里當交換學生。從沒想過我們畢業後竟然會在西班牙見面。我們一起去吃當地有名的巧克力油條。聽著她用西班牙文與店員溝通點餐，讓我很是佩服。西班牙油條與一杯濃稠的熱巧克力醬端上桌，香味撲鼻而來。我們本來想試著模仿曾到此吃過油條的韓國女團拍照，但除去油條之外，長相和動作沒有一

點相似，我跟朋友不約而同地大笑起來。

之後她陪我去有機場接駁巴士的車站，車站對面剛好有個**人類學博物館**。因為我飛機是晚上十一點的班次，時間還很充裕，我們又一起逛了博物館。逛完我們坐在頂樓聊天，聊著同學們的近況和彼此這幾年的經歷。直到八點多她送我去坐車到機場，結束了短暫又充實的馬德里之旅，也結束這整趟充滿恩典又奇幻的朝聖旅程。

帖撒羅尼迦前書 5:16–17 ：「要常常喜樂，不住的禱告。」

九、後記：給未來的妳。

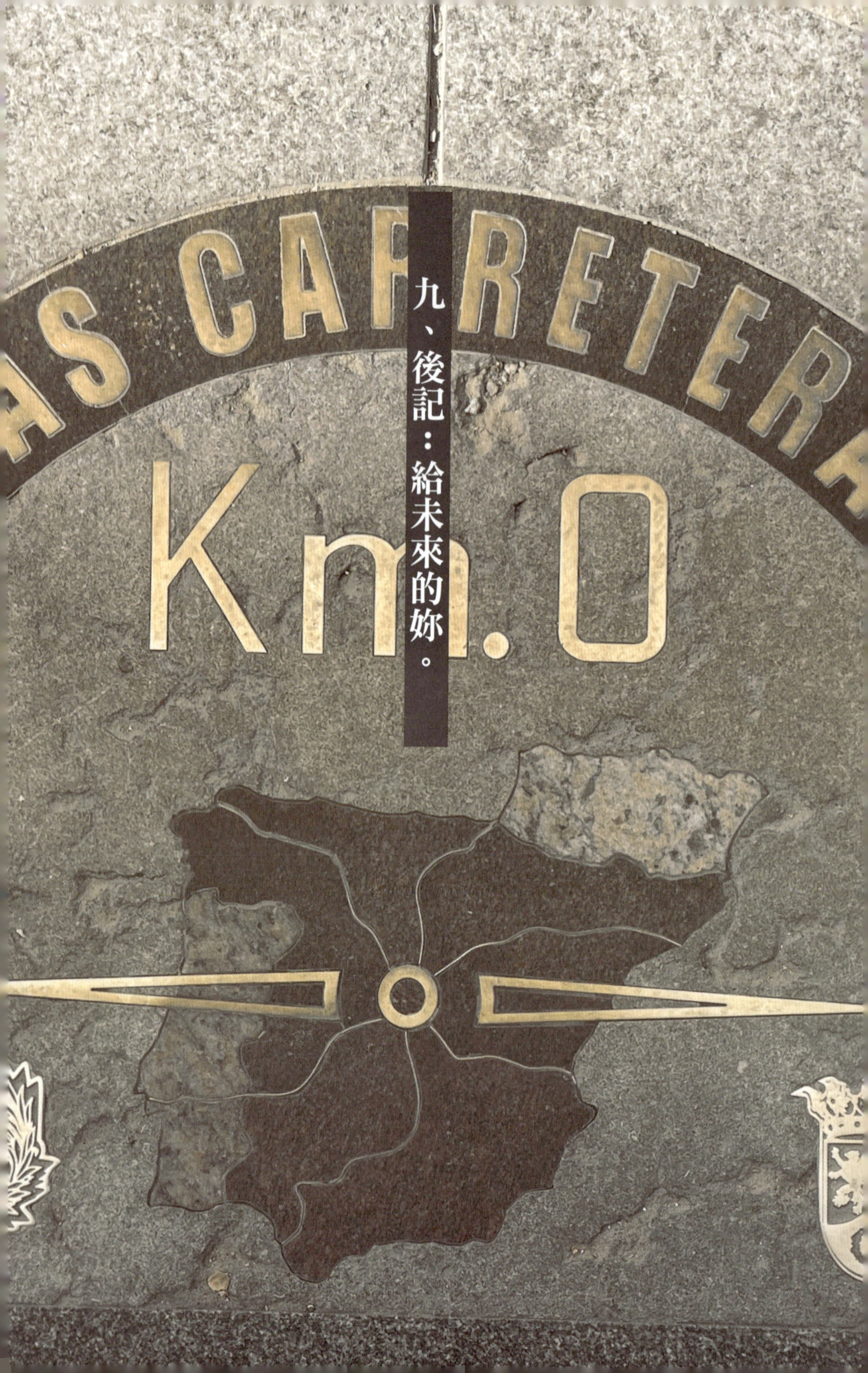

Camino 朝聖之路，如同一個超然於世界與國家體系之外的獨立社群，對多數朝聖者而言，這條路猶如逃離現實的烏托邦。它讓人得以暫時抽離工作繁忙、情感糾結與社會規範的束縛，進入一種不受外界干擾，集體朝著單一目標前行的純粹狀態。儘管這條道路起源於宗教信仰，隨時間演變成象徵性儀式，如今更被視為一種追尋自我主體性的實踐活動，象徵著自主、勇敢與生命的意義。這條古老的道路不僅印證人類社會的發展脈絡，

也將宗教、儀式與主體性交織於現代的朝聖體驗中，成為值得探討的文化現象。

路上經過的小鎮居民早已對於朝聖者的到訪習以為常，有的人還會熱情地為朝聖者們加油打氣。而我最喜歡每天徒步旅程結束後參加的彌撒，鎮上的人們、牧者和修女都會到教堂裡為我們祝福，日復一日，就像聖靈的活水在這條道路上不停流動。我從沒聽懂西班牙文的彌撒內容，卻往往泛紅著眼眶，感受到上帝給予的溫暖與陪伴，在每日徒步結束後能享有這段寧靜的時光，都讓人感到內心深處的平安。彌撒後通常會有朝聖者的禱告時間，這兩年來因為遭遇困境、對上帝憤恨，而不曾禱告的我，終於在朝聖之路的旅途上願意向上帝開口。這或許是我在信仰上最大的突破，也是我和上帝修補關係的關鍵。祂為我所安排這趟出乎意料的旅途，真的帶給我好多喜樂與幸福。

還記得比我晚兩三天出發的臺灣阿姨Juno曾說，他們在庇里牛斯山上遇到暴雨，天氣非常惡劣，濕冷得讓人難以享受那段路途，在山上幾乎看不到任何風景。現在回想起來，我在一路上幾乎沒有遇到大雨天，只有兩天的毛毛雨，而在庇里牛斯山上的路程，更是碧空萬里，藍天、白雲和廣袤的山嶺草地盡收眼底，當時甚至有七隻老鷹相伴我前行，見到最讓我難以忘懷的景色，就像是一場奇蹟般的美好。

然而回顧這趟旅程，遠在臺灣的父母和朋友，都給予我極大的鼓勵與支持，是讓我能夠撐完整趟路途，獲得信心與力量的重要來源。除此之外，不得不提到旅途前面幾天，我因為害怕走夜路而蹲坐在路上遇見的 Sam 哥，我們平常雖然各走各的，但仍一路上相互關照，他會沿途幫我拍拍照，或是煮些晚餐和我一起享用，有好大半旅程是我們共同度過的，真的很感謝 Sam 哥的陪伴。

而路途中遇到好多長輩們，也都給予我莫大的鼓勵，像是盧森堡大叔、丹麥帥哥、丹麥奶奶、德國姐姐，義大利馬可，巴西夫婦，西班牙阿姨 Maria、臺灣阿姨 Juno、庇護所修女、教堂神父，都讓我感受到滿滿的溫暖。就像是從出發到末了，上帝都眷顧著我，讓旅途中的一切都順利平安，即使在異國他鄉，也不會感到害怕寂寞。

回想兩年前，為考試失利而灰心喪志，甚至剃掉長髮的自己，現在真感到非常幼稚且不值。當時被挫折感所擊倒，拋棄了自己的自信和信仰。但回首來看，其實留在清大的我已享有極好的學習資源，有非常關心我的指導教授和學長姐們，給予我許多考古田野的學習機會。此外，赴北京大學交換的期間，我才有機會接觸到更多考古學的學習領域，並找到自己對於動物考古學的興趣。因著回臺灣銜接學業的這段空檔，也才有機會踏上朝聖之路。回臺灣後，我順利得到國科會大專生研究計畫補助，得以研究我所喜愛的動物考古學議題。這才發現，原來我所經歷的一切，都是被上帝所祝福的恩典。

對我而言朝聖之路究竟意味著什麼？原本它只是一趟意外的旅途，結束後卻發現，它給予我一段能夠安靜地與自己，和與上帝對話的時間，沒有生活的壓力或是世間的紛擾。過去兩年經歷太多失敗，導致我無法靜下來好好思考，一昧的覺得上帝不聽我的禱告，自己再怎麼努力都不夠好。然而旅途中一步一腳印地往前行走，就像是跟過去的悲傷道別。

感謝上帝讓我平安快樂地完成這段跨越法國及西班牙，翻過庇里牛斯山脈，徒步將近八百公里，經過三百多個城鎮，磨破三雙襪子，交上二十六個國家的朋友，寫了五萬多字旅行雜記的旅程。就像祂帶領我踏上一條人跡罕至的「未擇之路」，這使一切都變得不同。從朝聖之路獲得的溫暖與喜樂，讓我知道快樂的來源並不是功成名就，不要再沉溺於世間的成敗之中，而是要靠著上帝去創造屬於自己的美好旅途。

寫完這本書，腦海中再次浮現出我從小以來，很喜歡的一段經文，以弗所書3:20：「神能照着運行在我們心裡的大力充充足足地成就一切，超過我們所求所想的。」這趟朝聖之路的旅途正是「超越我曾經所求所想的」。閱讀這本書的你，是否也曾經認為上帝沒有聽見你的禱告，或是上帝並沒有安排你所想要的道路呢？又或是你曾經歷經挫折的打擊，害怕被人看不起，生活充滿壓抑和苦痛呢？希望透過這本書，能將這真實的見證傳達給你，讓你明白神在我們身上都有祂的祝福，每個人都能享有屬於自己的美好旅途。

煩悶憂愁的日常，翻開這本書，或許就能學習放下世界的眼光和價值觀，提醒自己在功名利祿以外，也能憑著對上帝的信心而活得很喜樂。相信在上帝給予的人生旅途上，你我都能夠充滿盼望地前進。

「給正在為追逐夢想而歷經艱苦的妳，請務必記得好好享受這趟人生旅途。」

國家圖書館出版品預行編目 (CIP) 資料

風會告訴你方向，走一條沒人懂的路 : 一位 21 歲女孩的朝聖冒險 / 王薇著 .
-- 第一版 .-- 臺北市 : 樂果文化事業有限公司出版 : 紅螞蟻圖書有限公司發行 , 2025.06
面 ; 公分 .--(樂成長 ;18)
ISBN 978-957-9036-64-1(平裝)

863.55　　114007215

樂成長 18

風會告訴你方向，走一條沒人懂的路：
一位 21 歲女孩的朝聖冒險

作者／王薇
總編輯／何南輝
行銷企劃／黃文秀
封面設計／引子設計
內頁設計／沙海潛行

出版／樂果文化事業有限公司
讀者服務專線／（02）2795-3656
劃撥帳號／50118837 號 樂果文化事業有限公司
印刷廠／卡樂彩色製版印刷有限公司
總經銷／紅螞蟻圖書有限公司
地址／台北市內湖區舊宗路二段 121 巷 19 號（紅螞蟻資訊大樓）
電話／（02）2795-3656
傳真／（02）2795-4100

2025 年 6 月第一版 定價／ 360 元 ISBN 978-957-9036-64-1